陽を翔るトラクター

――農文一体

時田則雄

角川書店

陽を翔るトラクター——農文一体

目次

第一章　農文一体

目次

目　次

装幀　南　一夫
本文ＤＴＰ　星島正明

陽を翔るトラクター——農文一体

時田則雄

第一章

農文一体

初出「文化連情報」（日本文化厚生農業協同組合連合会）二〇〇二年六月号～二〇〇八年二月号

そも何者ぞ

歌人とはそも何者ぞ春の土を七五調にて歩むでもなし

今年の雪解けは例年よりも十日以上早い。厳しい冬を雪の下で耐えていた小麦は、日毎に緑を鮮明にしている。今年は長芋を二・五ヘクタール作付けするが、その種子の量は十二トンだ。今日も息子夫婦と三人で種子の切断作業をした。切断面には消石灰と二種類の殺菌剤を付着させる。マスクはしているが、吸い込んでいることは間違いない。夜になると体がだるくてまるで萎れた菜っ葉そのものだ。

間もなく野良での作業も始まる。ボサボサの髪をなびかせ、中空をにらみ、大型トラクターを唸らせて耕起、整地をしなければならない。のんびりとしていたら作付けの適期を逃してしまうのだ。管理作業も収穫作業も同じである。十勝の農業は一毛作。つまり、私は一年一発の勝負師なのだ。

百姓になって三十五年。私は秋の収穫に向かってブルドーザーのように生きて来た。短歌を始めてから四十年。従って「七五調」のリズムは体の隅々までゆきわたっている。がしかし、「春の土を七五調にて歩む」わけではない。「そも」、私は一体「何者ぞ」。

樹

獣医師のおまへと語る北方論樹はいつぽんでなければならぬ

私の妻は千葉市の生まれだ。結婚した翌年の三月、妻の実家を訪ねた。その日の帯広空港は荒れ狂う地吹雪につつまれていた。翌日、妻と二人で車で房総めぐりをした。処女の乳房のような山。甘い香りを漂わす沈丁花。垣の眩しい紅の椿。穏やかな風景と溶け合って暮らしているお百姓さんなどを眺めながら、私はふと思った。「ここが日本なのだ」と。

数日後、地吹雪に煙る帯広空港に戻ったが、そのとき私は「ここは日本ではない」と強く思った。「樹はいっぽんでなければならぬ」という発想は、空港から自宅に向かう途中、地吹雪を真っ二つに裂きながら立っていた一本の「樹」との出会いによるものだ。「いっぽん」とは酷寒の風土に生きてゆく心の構えなのだ。

あの出会いから三十年近い歳月が流れたいまの私は、頭は白くなり、体力も衰え、心の構えも変わって来た。「樹はいっぽん」もよいけれど、二、三本寄り添って立っている「樹」もいいものだと思うようになった。いずれ私も、森を形成している「いっぽんの樹」になるのだろう。

酒

一歩千里　酒乱狂乱こころ意気いのちぞ果てて土に還らむ

小学三、四年生の頃、祖母が作ったイナキビの濁酒《どぶろく》を丼鉢に一杯くらい飲み、ベロベロに酔っぱらい父母にこっぴどく叱られたことがある。本格的に酒を飲むようになったのは大学に入ってからだ。ウイスキーをストレートで四、五杯飲み、酔いつぶれて芝生の上で寝込んでしまったことをいまでもはっきりと思い出す。二、三年前、北海道新聞社から『酒飲みにささげる本――北海道の酔っぱらい』という本が出たが、そのなかに私のエッセイも含まれている。自慢してよいのかどうなのかわからないが、つまり私は、そんじょそこらの酔っぱらいとは別格の、いや、超一流の酔っぱらいとして扱われているようだ。がしかし、近頃は酔いが覚めた後は繰り返して来た醜態の数々が浮かび、気がめいってしまう。酒の歌といえば牧水の「白玉《しらたま》の歯にしみとほる秋の夜の酒はしづかに飲むべかりけり」がすぐ浮かぶが、牧水は次のような歌も詠んでいる。「妻が眼を盗みて飲める酒なれば慌《あわ》て飲み噎《む》せ鼻ゆこぼしつ」。酔っぱらいの私には味方を得たり、だ。酒は百薬の長。そろそろ私も医師の指示に従い、減酒したいと思っている。

小麦の収穫

月光に濡れて轟くコンバイン小麦十町歩穫り終はりたり

今日は七月二十三日。小麦の収穫が始まって三日目である。私の農場では小麦のほかに小豆、大豆、馬鈴薯、スイートコーン、長芋を栽培しているが、このなかで収穫がいちばん大変なのは小麦である。小麦は地力維持の面からも、労働配分の面からも絶対に欠かすことのできない作物だ。鋤き込まれた藁は土に力を与えてくれる。小麦の播種《はしゅ》は一人でも出来る。管理作業も同様である。しかし、収穫作業はそういうわけにはいかない。私が所属している小麦生産組合のメンバーは四十二名。栽培総面積は三百六十六ヘクタール。それを四台のコンバインで収穫し、乾燥工場で水分をおとす。この作業をスムーズに進めるためには栽培者全員の協力が必要である。今年の私の仕事は、圃場《ほじょう》の小麦の水分を調べ、水分の低い順にコンバインを稼動させることだ。今までに何回もやって来たが、なかなか判定が難しい。二、三日したら収穫作業が一段と忙しくなる。そうなると私は自動車の中で寝泊まりしながら頑張らねばならないが、それによって体をこわすことはない。喜びと期待がつきまとっているからだ。

イザ！　人生

酒を喰らひハンドル握る　トラクターよろけず走れ　月の夜だよ

私の本職は百姓だ。耕作面積は約三十三ヘクタール。農作業をしながら歌も詠む。エッセイも書く。新聞や雑誌の短歌の選もする。月刊短歌誌「辛夷《こぶし》」の編集発行人としての仕事もこなす。勿論、会員の作品の選もする。講演らしきこともこなす。幾つかの短歌賞の選もする。農業大学校と短大で非常勤講師として教壇にも立つ。この他に町内会、農事組合の幾つかの役もこなす。好きな酒も飲まなければならない。

今日は朝七時から昼過ぎまで原稿十五枚書いた。その後は歌誌の発送。今夜は編集なので、その準備。夕方四時からは町内の長老の通夜の総務委員長としての仕事にとりかかる。帰宅九時半。すぐに編集作業に加わる。いまは夜の十一時。歌誌の巻頭エッセイを書き終え、この原稿を書いている。明日の朝は歌誌の原稿と割り付け用紙を印刷所に届けた後、告別式の会場に直行だ。馬鈴薯の収穫は二日後から始まる。

一日三回よく食べ、よく働き、充分に眠る。それが健康体を維持するための基本らしいが、私はそれを守ってないが、健康だ。イザ！　人生。

命を削る

樹の時間雲の時間を思ひつつ心軀うろうろしてゐるばかり

二十数年前、幼い頃からあこがれていた山林《やま》を買いました。面積はカラマツの人工林と天然林合わせて約二十五ヘクタール。取得額はハンパではない。図面を見ただけで判断して買いました。この判断は、いま思うと、実に冒険的でありますが、着実に成長する木々を眺めていると、あのときはわれながら素晴しい冒険をしたと思うのです。

人は誰も、いずれ白骨になる日を迎えます。私はいま五十六歳。日本人の男の平均寿命まで生きられるとしたら、あと二十数年。しかし、酒を喰らい、馬車馬のように暮らしている私ですから、ひょっとしたらあと十年、いや、五年くらいで白骨になるのかもしれません。それなのに、まだまだ農地を拡大したいという夢を見たり、十年後にはあの畑に小豆を作ろうなどと思ったりしているのです。

人生は幻。人生は夢の世界。これは誰もが思うことです。今日は早朝より馬鈴薯の収穫をしました。明日も同じ作業をします。与えられた命を削り続けるのも人生なのかもしれません。

体外衝撃波砕石術

土俵際の弓なりの体　キリキリと揉まれて軋んでゐるのは誰だ

小豆の収穫をしていた頃のことです。朝、五時頃、背中の右から腹の右にかけて、強烈に痛みました。救急車を呼ぼうと思ったのですが、近所の人たちがびっくりするのではないかと考え、女房の運転する車で、ときどき通っている病院の救急外来にかけこみました。さっそく、痛み止めの入っている点滴を受け、尿を調べてもらいました。ちなみに尿の色はコーヒーのようでした。結果は尿管結石。石の大きさは直径約五ミリ。二日後の月曜日、紹介された泌尿器専門の病院に一日入院しました。

午後二時、その石を除去する作業が始まりました。その作業は、「体外衝撃波砕石術」と言います。右の骨盤のあたりに水の入った袋を当て、その袋を通して尿管の石に衝撃を与え、石を砕くという方法です。板で骨を叩かれるような感じの約一時間。叩かれた回数は三千回とか――。その痛さは――、ムー。

私は十数年前に胆石で激痛を味わいました。三年前には肛門からカメラを入れたことがあります。そのたびに、ガムシャラに働き、大酒飲んでいるのだから当然と思うのです。土俵際の人生、またよろし。

祖母

嫁して祖母七十五年ひともとの樹にたとふれば両手にあまる

私の祖父は明治十二年生まれ。祖母は同十八年生まれ。ふたりとも出身は新潟県です。祖父は私が生まれる以前の昭和十四年に六十一年の生涯を閉じました。祖母は同五十七年に九十八年の生涯を閉じました。ふたりが帯広の地に開拓の鍬を下ろしたのは明治三十五年のことです。

つい最近、物置を掃除していたら、三本爪の大きな簎《やす》が出て来ました。爪の長さは約十五センチあります。私の農場の近くには売買川《うりかり》が流れています。「売買」とはアイヌ語の「ウリガレップ」で「捕った魚を集める所」です。「売買川にはのう、秋になるとのう、鮭の大群が飛沫《しぶき》をあげて遡《のぼ》って来たもんよ、のう」と祖母はよく言っていましたが、この簎はその鮭を捕るのに使ったに違いありません。祖母は九人の子供を産んで育てました。夫と共に開拓の汗を流し、今日の私の農場の基礎を作ってくれました。祖母の思い出は沢山あります。出刃で鶏の頸《くび》を刎《は》ねて家族のために夕食の準備をしていた姿。腰を屈めて茸採りをしていた姿。紡毛機を回していた姿。どれも鮮明に浮かんで来ます。祖母は抱えきれない一本《ひともと》の樹なのです。

母に誓う

キャベツひとつ抱へて風に立つてゐる母とふは常なつかしきひと

母は八十歳。生まれは山形県の寒村、あの「おしん」の幼い頃の舞台にもなった最上川の近くである。母の性格は「おしん」のように辛抱強く、そして優しい。私はこの母のひとり息子で、百姓三十六年生。自分で言うのはおかしいが、私はよく働き、父の代よりも土地を増やした。大きな家も現金で建てた。山林も買った。歌歴は四十年。幾つかの賞をもらったし、本も八冊出版した。

こういう私は、母にとっては自慢の息子なのかもしれない。がしかし、母は私が酒にベロベロに酔っぱらうたびに、「お前は酒を飲み過ぎなければいい男なのに……。酔っぱらうたびに男を下げている……」と嘆く。

私は酒を飲む前には必ず、「今日は絶対に酔っぱらわないぞ」と決意するのだが、悲しいかな、ベロベロになってしまうことが多い。それは胃袋に御馳走を詰めず、空きっ腹に酒を注ぎ込むからだ。勿論、飲むペースも速い。量も多い。

今日は一月元旦である。午後三時からは町内会の新年会だ。酒始めである。今年も私は母に誓う。胃袋に御馳走を詰めてから飲むということを。

身土不二

冗談ぢや梯子段ぢやない百姓が食料自給を訴ふること

十年くらい前のことである。畑作三品（大豆・澱粉加工用馬鈴薯・甜菜《てんさい》）の政府買い上げ価格が下がったということで、某テレビ局が私のところに取材に来た。

「これは国民皆なの問題でしょう。下がらないほうがいいに決ってるだろう。百姓が困れば生産意欲が薄れる。食料増産に影響が出る。国産が高いから外国から買ったほうが得という考えね……。そういうことを繰り返していたら日本はどうなるんだろうね。いまの日本人は日本という国の本来の力を忘れている。分をわきまえていない」

取材に来た人たちは百姓の困った顔を放映するのが狙いだったのだろう。この取材は勿論ボツとなった。日本の食料自給率は約四十％。つまり、六十％近くは海外に依存しているというわけである。こうして原稿を書いているいまも、世界各地の畑から海から荒廃した田畑を抱えている日本に向かって食料が押し寄せている。奇病や難病が年々増えつづけているようだが、これは食料の海外依存とも関わっていまいか。身土不二の思想を学ぶときが来ている。

左巻き

長芋の蔓は大方は左巻きたまに右巻き　右翼であるか

昨年は長芋を約三ヘクタール栽培した。長芋は金にはなるが作業が大変である。一番大変なのは収穫。次に大変なのは蔓をネットに這わせる作業だ。すべての蔓がネットに向かって伸びてゆくとは限らないから、指で蔓をそおっとつまんで、ネットに絡ませてやらなければならないのである。腰を屈めっぱなしだから辛いのである。

さて、歌のごとく、「長芋の蔓の大方は左巻き」である。どうしてなのかは私にはわからないが、どちらにしても作業には全く関係がない。収量にも関係がないように思われる。とところで、選挙の時期になると、私のところには、思想的に左系の立候補者が訪ねて来る。私は日本の農畜産物の自給率について、講演やらエッセーやらで、その低さについてふれている。日本は貿易立国とはいうけれど、基本の基本はそうではないと思うのだ。どのような国であろうと、自国の食料を他国に依存しっぱなしでいい筈がない。こういう考え方は「左」でも「右」でもない。左右を超えた当然の思想である。それにしても「長芋の大方は」どうして「左巻き」なのであろう——。

命源院釋良風

かがまりて草をぬく父ゆふやみに黒き巌となりて動かず

三月二日午前六時五分、父が永眠した。行年九十一歳であった。父は尋常小学校を卒業と同時に就農。まさに農業一筋の人生であった。その父の自慢は昭和八年から敗戦を迎えるまで、日本本土や満州などを転戦し、その武勲により勲七等瑞宝章、勲八等瑞宝章、満州・支那事変従軍記章、精勤章五本をもらった。父はよく従軍記念アルバムを開き、戦地における残虐行為を話してくれた。いまイラク戦争が進行中だが、それを報道するテレビ画像からは父のアルバムのような残虐さは伝わって来ない。恐ろしいことである。

いま、私の農場では長芋の種子切り作業をしている。その種子の総量は十五トン。朝八時から夕方五時過ぎまで、家族総出で頑張っているが、そのなかに父の姿はもうない。早春のビニールハウスのなかで凍土をツルハシで割っていた父。自家用のカボチャが穫れ過ぎたといって困っていた父。その父の戒名は命源院釋良風。出棺の際には、父がよく口ずさんでいた「戦友」を静かに流した。

陽だまり

のびきつた輪ゴムのやうな陽だまりに父と母とが大根洗ふ

父が逝ってから早や四十九日が過ぎました。その父の骨を墓に納め、まずはほっとしているところです。母も通常の生活にもどり、だぶだぶの作業衣をまとい、麦ワラ帽子をかぶり、庭の片隅にある自家菜園を鍬で耕したり、整地をしたりしています。この母の年齢は八十。山形県の最上川のほとりにある寒村の生まれです。「おしん」のように学問もありませんが、働き者です。父が兵隊にとられていたときは、自ら馬の尻を叩き、畑を耕したり、播種作業などをして農場を守りつづけました。

わが家の屋敷の総面積は三千六百坪。このなかには住宅二棟、農機具等の格納庫が五棟、残りは作業場と家庭菜園、そして樹や花を植えた庭です。あまりにも樹が多いので近所のひとたちは「時田の森」と呼んでいるようです。これだけ建物や樹などがあるのですから、あちらこちらに「陽だまり」ができます。「のびきつた輪ゴムのやうな陽だまり」からは、父と母との長い歳月を感じます。いずれ私たち夫婦も、このような「陽だまり」の中で過ごすのでしょう。

家畜が肉になるとき

洗はれて囲ひのなかにくる豚に男つぎつぎ電流通す

学生時代、屠殺の現場を見学したことがある。いまは屠殺という言葉は使われていないようだ。何と表現しているのだろう。屠殺場に入る前に教官が言った。「これから家畜を殺す様子を見学するが、決して顔をそむけてはいけない。悲鳴をあげてはいけない。見るのが辛いと思ったら、そおっと外に出なさい」。ガンブレルステックという鉄のハンマーで額を一打され、失神している間に喉をかっ切られた馬。「電流」を通され、失神している間に喉をかっ切られた豚。屠殺場の隅には牛や馬や豚の頭が山のように積みあげられていた。

小学生の頃、私の農場では秋田出身の二十歳くらいの青年が働いていた。ポマードがよく似合うアンチャンだった。ある日、羊を殺してジンギスカンを食おうということになった。アンチャンは「よし、俺が羊を殺《や》ってやる」と申し出、羊を逆さに木に吊して、ビビリながらも、出刃で心臓を突いて殺した。顔面は血を浴びて真っ赤だった。食品売場の肉は、どのような過程を経て並んでいるのか、考えてもらいたい。

見直さなければならない

チェンマイへ続く国道水稲のみどりのうねり漠漠として

十数年前、農事組合の仲間たちとタイに行ったことがある。バンコックの街の中は日本の車がよく目についた。デパートでは日本の電化製品があふれていた。ホテルの酒場では日本の流行歌を唄う歌手がいたし、ホテルの部屋のテレビのスイッチを入れたら、日本のテレビドラマが放映されていた。そうした様子を見ながら、日本の商魂に不気味さを感じた。

「チェンマイへ続く国道」の沿線にある農村も訪ねた。水田のなかに建ててある住宅を見させていただいたが、家具らしきものはほとんどなく、質素であった。炊事に使う水や飲料水は溜めた雨水を使用していた。食事はトウガラシをまぶした炒め御飯。床の下の水田のなかでは小魚が泳いでいた。そこの御主人は年齢よりもずいぶん年上に感じたが、一日一日をのんびりと、しかも大切に過ごしているようで感動した。モノに囲まれ、美味しいものを食べ、それでも不平を言う自分をオゾマシク思った。今日のタイの現状はどうなのだろう。日本人は慎ましく質素に暮らしていた時代を見直さなければならない。

薪

丸鋸に切断さるるつかのまを焦臭《きな》きかな丸太といへど

わが家の風呂の燃料は薪《まき》である。とはいってもそのほとんどは旧宅や馬小屋、倉庫などを解体したときに出た、いわゆる廃材である。これらはモーターを利用して回す「丸鋸《まるのこ》」を使って「切断」するのだが、釘が打ち込まれているので、神経を遣う。釘を切ったら刃先があっという間に減ってしまうからだ。

この作業は農作業がすべて終わった後、つまり、十二月に入ってからやるのだが、今年は農繁期の最中にもやっている。娘が結婚し、後継者が出来たからである。先日もやった。私は薪を切る時に漂う木の匂いがたまらなく好きなのだ。がしかし、私は妻と娘にこっぴどく叱られた。電気の灯りをたよりに一晩中やったのだ。木を切るときの「鋸」の音はやかましい。まして静かな夜だ。叱られるのは当り前である。このことを歌の仲間に言ったら、やはり、「当り前でしょう。想像すると無気味だわ……」。

そんなわけで、わが家には風呂の燃料がどっさりとある。私が生きている間には燃やしきれないだろう。薪には懐かしい命が籠《こも》っている。

不思議の国

秋深し＊＊＊不思議の国の百姓が額《ぬか》ひからせて薯掘り起こす

台風十号に怯やかされながら、平年よりも一週間ほど遅れて、小麦の収穫が終わりました。収穫量はまずまずといったところです。しかし、春先からの低温で豆類、特に小豆と大豆は不作になることは間違いありません。寒冷地作物の馬鈴薯と甜菜《てんさい》はいまのところ平年作のようです。

私の農場では澱粉加工用の馬鈴薯を約五ヘクタール（一万五千坪）栽培しています。これは八月末から十月中旬にかけて収穫します。収穫量の見通しは「平年作のようです」と書きましたが、肝心の澱粉含有率はどうなのかわかりません。

さて、つい最近、某紙のコラムを読み、あらためて日本の農業の未来について考えさせられました。そのコラムには、先進国と呼ばれる日本の食料自給率は三十九％、アメリカ百二十七％、フランス百三十八％、オーストラリアとニュージーランドは二百五十％強。食料を海外に依存している国「ニッポン」は、私には「不思議の国」に思えてなりません。収穫機の唸る秋です。

作物

堆肥撒き終へしゆふぐれ存分に酒を喰らひて朦朧となる

私は農業者のひとりとして、「農業は自然を守っている。農家は自然と共に生きている」と、書いたり、語ったりして来ました。農業は食料を生産するだけではなく、国土保全という重要な役割を果たしていることは間違いのないことです。しかし、じっくりと農業の歴史をたどってみると、木を切り倒したり、丘を削りとったりの、つまり、自然破壊の歴史ということになります。かなしいかな、この歴史は人類が生きてゆかねばならぬゆえに刻んで来た歴史です。

最近、環境にやさしい農業ということをよく耳にします。「有機農法」というのも耳にします。どちらもしっかりと受け止めなければならないと思います。しかし、作物というものは改良に改良を重ねて作り出したものであり、逞しい雑草とは違います。環境にやさしい農業に少しでも近づくためには、土に力をつけ、できるだけ化学肥料や農薬を減らしてゆくということでしょう。消費者も、作物とは何かということを考えてみる必要があるでしょう。そろそろ「朦朧」になれる時刻です。

水母

骨無しの魚が売れに売れるとふニッポン水母《くらげ》のやうに漂ふ

長芋の収穫がやっと終わりました。十日間、寒さと闘いながら、朝六時から夕方五時まで働きました。スコップのように使った右手はむくんでしっかりと握ることができません。収量はまずまずといったところです。今日（十一月十日）は息子がコンバインで黒豆の収穫をしております。昨日、コンバインがターンする場所をノコガマで刈りました。私と同じ世代の出面《でめん》さんにも手伝ってもらいもしました。腰を屈めてやるので辛い作業です。腰をさすりながら、「昔は全部こうして刈ったんだよね」と出面さん。「そうだそうだ。今の若い者だったら、腰骨がくだけて半日ももたんべさね。何もかも便利になったもんだわ」と私。

「骨無しの魚が」よく売れるという。たしかに便利かもしれないが、想像すると無気味です。十年ほど前、三本脚のニワトリを描いた小学生がいるという話を聞いたことがありますが、近い将来、魚には骨がないと本気で思う小学生が登場するかもしれません。「水母のやうに漂」いながら、「ニッポン」はどこへ行くのだろう。

父と娘

東京は溝《どぶ》川の辺に暮らしゐる娘の横顔のふと浮かびきぬ

短歌の新人賞（三十首競詠）の選考のために上京した。場所はお茶の水駅近くのホテル。帯広から羽田までは二時間足らずだ。子供の頃、東京へは汽車で行くしかなかった。各駅停車だったので二日くらいかかったように思う。

さて、今回も私は機上から十勝平野をじっくりと眺めた。平野の隅から隅まで開拓され、カラマツの防風林で四角く囲まれた畑の美しさに感動した。私は先人たちの苦労の上にあぐらをかいているにすぎない、との思いをあらためて感じさせられた。

選考が終了し、夕食をいただいて室を出ると、廊下で娘が待っていた。次女の真澄である。真澄は某短期大学の助手をしている。「これからどうする」と私。「このホテルのバーへ行こうか」と娘。娘とバーに行くのは勿論はじめてである。バーで過ごしたのは一時間ほどだったが、父は大いに浮かれていた。焼酎を五杯も六杯も飲む父を心配そうにみていた娘の顔が忘れられない。その娘が緑あふれる十勝に戻る日を父はひそかに待っている。

ゴメひるがへる

祖父の国越後まぼろし日本海霧にこゑなくゴメひるがへる

祖父の名は仁三郎。明治十二年、新潟県刈羽郡（現・柏崎市）西山町石地の生まれ。二十年頃、余市で農漁業（地主・網元）を営む伯父を頼って渡道し、そこで教育を受けさせていただいた後、小樽の雑穀問屋で張付けとして働いた。帯広に来て百姓になったのは三十五年頃だ。私の歌のなかには身ひとつで未開の大地に挑み、八十ヘクタールの農場主にのしあった仁三郎が頻繁に登場するが、私は一度も仁三郎に会ったことがない。私が生まれる以前に亡くなっているからだ。歌のなかに登場するのは仁三郎の胡坐の味を知らないからなのだろう。ゲンコツをもらったことがないからなのだろう。開拓の苦労話を耳元で聞いたことがないからなのだろう。掲出歌について「高倉健が出演する映画のラストシーンみたい」と誰かがどこかに書いていたが、作者としてはとても嬉しい。カッコいいではないか。

私は渡道以前の先祖代々の墓参りを一度もしていない。今年こそ墓参りに行こう。そして「ゴメひるがへる」海を眺めてみたい。

嘘を聴く耳

雪を食へばしらゆき姫になるといふわが嘘を聴く耳やはらかし

昭和五十五年、「一片の雲」五十首により角川短歌賞をいただいた。これを機に原稿や講演を依頼されるようになった。「冬になったら歌を作るんですか。原稿を書くんですか。講演をするんですか」とよく言われるが、そうではない。農繁期であるないにかかわらず依頼は来る。この世界、忙しいからといって断っていたら、依頼なんかされるはずがない。そんな訳でこの二十数年間、「男たるは受けて立つべし」の心で私は突っ走って来た。この心は今後も変わらない。

さて、幼い頃の私は大人になったら百姓をしながら、本に囲まれ、ものを書きながら暮らしたいと思っていた。それは父との交流によるものと考える。父は口べただったが、布団のなかで幼い私に口から出まかせの物語を聞かせてくれた。内容はいつも同じようだったが、私の心を大きく膨らませてくれた。この体験がものを書く私にしてくれたのだと思う。掲出歌は私と娘との交流だ。「嘘を聴」いた娘はいま百姓として頑張っている。

哲人

哲人は野をみつつ酌む　透明の二合三合　三合五勺

私はいま五十七歳。人生八十年の時代であるから、人並みに生きるとしたらまだ二十三年生きることができる。だとしたらその間に歌集十冊、エッセイ集五冊くらいは上梓できるかもしれない。歌壇にデビューしてから二十三年になるのだからこれは可能だと思う。がしかし、残りの二十三年のうちのどれくらいの間、頭を使うことができるかどうかが問題だ。歌集五冊、エッセイ集二冊くらいと考えるのが妥当だろう。

さて、私は大学生の頃から酒を飲み続けている。酒は百薬の長とはいうけれど、これは私にはあてはまらない。飲み過ぎが原因で患った病は五指に余る。従って私には人生八十年は通用しない。いつお迎えがきてもおかしくはない。しかし、百薬が効き過ぎて仙人のように長生きすることも考えられる。が、それは間違ってもありえないことだ。

間もなく雪が解けて大地が顔を出す。その大地を私はトラクターで激走する。「ソンナニ働イテドウスルノ」という声が聞こえる。

哀しい時代

かつて百姓たりしZ氏東京は馬喰町に肝《きも》を患ふ

〈離農せしおまへの家をくべながら冬越す窓に花咲かせをり〉――。私の歌である。この四月から文部科学省検定済教科書・高等学校の国語科用『探求　現代文』に収められている。私が百姓になったのは昭和四十二年。いうならば日本政府は「自立農民育成」を掲げ、加工貿易を推進するために「小農切り捨て」を目論んでいた時期であった。それはそれとして、この〈離農せし〉の歌について教師は生徒にどのような解説をするのか。作者としては大いに興味がある。

掲出歌の「百姓」であるが、彼らは低賃金労働者として、いうならばケイザイタイコクニッポンを造ったのであるが、中にはタタカイスンデヒガクレた今日、ウサギオイシカノヤマに帰りたいと願っている者も多いようだ。村に残って借金を抱えながらも百姓を続けている私や仲間としては、ぜひ、帰って来てもらいたいと思うが、カエリタイケドカエレナイ、のではなかろうか。「定年帰農」などという言葉が浮遊する哀しい時代である。

大往生

ギロチンプレスされし自動車斑なるひと塊の鉄にもどれり

「自動車」がこのように庶民の間に普及してから何十年になるのだろうか。私が初めて「自動車」を買ってもらったのは大学二年生のとき（昭和四十一年）だった。車名は「クラウンデラックス」。勿論、中古である。値段は二十万円以下であった。秋のある日、級友を誘って糠平湖《ぬかびら》へドライブしたことがある。オンボロ車だったので途中でボンネットが開いてしまった。いくら元に戻そうとしても閉まらないので、ロープを二、三重に巻いて縛り、ドライブを続けた。あの車はその後、下取りに出したが、おそらく二十万キロくらい走っていたに違いない。そして最後は「ギロチンプレス」され、「ひと塊の鉄にもど」ったことだろう。人間ならば大往生である。

最近はまだまだ走ることが出来るのに見放され、山のように積みあげられている「自動車」が目につく。鉄の値段がパッとしないので「鉄の塊にもどる」のには随分時間がかかりそうだ。「自動車」にも魂があるのだ。

精神の骨

バキュームカーと家族をつなぐゴムホースどくんどくんと脈打つてゐる

わが家の便槽は四千リットルの屎尿を溜めることが出来るが、便器を使用した後の水も溜めるので、汲み取りは年に三回。その料金はばかにならない。

さて、「バキュームカー」が来てくれなかった頃、屎尿は肥柄杓で汲み取り、それを肥桶に移して天秤棒で担いで庭の畑に肥料としてふりまいた。この作業は父が行っていたが、高校三年生のある夏の日、

「お前も担いでみろ。ハンマー投げの選手だべ。力持ちなんだから、やれ」

と、父は言いながら、私に肥柄杓を手わたしてくれた。さっそく私は作業にとりかかったが、その強烈な臭いに呼吸がまともに出来なかった。天秤棒も上手に担げなかった。よろよ

ろと歩くと桶の屎尿が飛び散るのでひやひやした。結局、畑に運んだのは二、三回であった。「イマノ若イノハ図体バカリデカクテ……。コノヘナチョコリン奴ガ」と心の中で言っていたらしい父の顔が懐かしい。父は旧陸軍伍長。精神に骨があった。

烏の眼には

滑稽のかたちして地面あゆみゐし烏空にてかなしみとなる

今年も小麦の成育は順調である。このまま進むと、収穫は七月二十日頃から始まり、八月のはじめには終わるだろう。収量も平年並みにありそうである。

さて、この小麦の収穫は共同作業である。役割は、コンバインの運転、乾燥工場勤務、運搬、コンバインを水分の少ない小麦の圃場に案内する係りなどである。コンバインは雨が降ったり露が降りたり、或いは工場が小麦でいっぱいになり、処理が間に合わなくなったとき以外は、夜も昼も休みなく動き続ける。従ってどの役もてんてこまいである。誰もが収穫が終わる頃には体重が減り、顔色も悪くなる。その姿はまるでホッチャレ（遡上して産卵を終えたヨレヨレの鮭の意）だ。

「オイ。よかったな。台風に直撃されんでよ」「オオ。ソオヨ、ソオヨ。お前の小麦は追肥のやり過ぎでよ、出来過ぎでよ、倒れる寸前だったべさ。大雨降ったらぶっ倒れてたべさ」

毎年、慰労会ではジンギスカンを喰らい、ビールや焼酎を呷ってこのような会話をする。「烏《からす》」の眼にはこの百姓がどう映るのだろう。

よき友ありて

ものごとはなべて納まる国の末論ずれば模糊陰嚢《ふぐり》の話

七月二十六日。小麦の収穫の真っ最中である。コンバインも乾燥工場も唸りっぱなしである。畑の中の気温は三十五度以上。このような状況の中、コンバインが吐き出す小麦を乾燥工場へ運ぶことを命ぜられた男三人。つまり、私、五十七歳。A氏七十三歳。B氏六十五歳。畑の頭にダンプカーを並べ、腕を組み、陽に焼けた面《つら》の汗を拭きながら、まとまりのない談義は続く。

「太陽の光に炙《あぶ》られてさ。蚊に食われてさ。台風に怯やかされてさ。夜も寝ないでさ……。ま、いいか。誰のためでもないよね。自分のために働いてんだよね」と私。

「だよな……。誰もが自分のために働くから経済が活気づく。暑いだの、眠いだのと言ってられんべさ」とB氏。

「それにしてもニッポンの食料自給率は低すぎる。ウン。ニッポンは一人前の国でない。みんな忙しすぎてそれに気づかない」とA氏。

かくして談義は牛や馬の「陰嚢」がどうのこうので「模糊」。よき友ありて、よき話。

短歌と人間

ぴろぴろのぴろらのぷらのぴろぷらにぴろららぷららぷらららぷらら

第三歌集『凍土漂泊』に収められている。かなり苦労して作った短歌である。短歌と付き合い始めてから四十年になるが、この間、作歌に寄せる私なりの思いを育てて来た。私は十勝平野のほぼ中央に位置する帯広で生まれて育ち、父の跡を継いで百姓をしている。十勝の気候風土は北欧的であると聞く。夏はプラス三十度。冬はマイナス三十度。この激しい落差が私の生活のリズム、精神構造を作り出している。私はこの気候風土に揉まれて生きている〈私〉を詠まなければならない。そうでなければ私の短歌ではない。

さて、短歌は言うまでもなく五・七・五・七・七の三十一音によって成立するもの。要はこの器に、目に映ったものや心に浮かんだものを盛り込めばよい訳だが、「ああそうですか」

と理解されるだけではつまらない。感動されるものでなければならない。感動される短歌には匂い、温度、心地良い音がある。掲出歌は音で勝負。短歌も人間も同じ。近頃は匂い、温度、音を失った若者が目につく。

胡獱もさすがに

鉄棒も弱音を吐くかバーナーの炎浴びつつこくりと曲がる

長女が結婚して私の農場を継いで四年四ヶ月になる。婿殿は横浜育ちだ。東京の某私立大学政治経済学部出のエリートである。男の子がいたらなあ、と思っていた私にとっては自慢の息子であり、「いい人が来てくれてよかったね」と言われるたびに、「お蔭様で……。俺は機械作業全部まかせちまったよ。失敗したってかまわないさ。やらせればちゃんと熟《こな》すもんだわ。今年からは農事組合の集会も町内会の行事にも俺は顔を出していないんさ。つまり引退したって訳」。

その自慢の息子が八月の末に病で倒れて入院した。家族にとっては一大事である。この秋の農作業の主役は私がつとめなければならなくなった。昨年の春に買った四輪駆動の百馬力のトラクターはボタン操作が多過ぎてなかなか使い熟せない。豆の収穫も迫って来たが、コンバインを上手に使えるか心配だ。色々考えると頭が痛くなって来る。歌人の馬場あき子は私のことを北海の胡獱《とど》と呼んでくれるが、胡獱もさすがに「弱音を吐く」。

息子のいない秋

ペルシュロン　その底力くれ給へ空の青さに酔つてはをれぬ

十月五日、娘婿の浩一郎が脳内出血により亡くなった。行年三十歳。法名は超海院釋浩躍。娘と結婚して四年五ヶ月。通夜には農協青年部員やサッカー仲間など多くの方々が来て下さった。浩一郎が病床に伏している間、私は浩一郎が愛用していた百馬力のトラクターを駆使して小麦畑の整地をし、例年と同じ時期に小麦を播いた。面積は十四ヘクタールだ。ポテトハーベスターもガチャガチャ響かせて澱粉加工用の馬鈴薯を掘った。告別式の終わった翌日からは初めて使うコンバインをなんとか使い、小豆と大豆（黒豆）の収穫をした。小豆は茎が伸びすぎ、台風で倒れているので、三ヘクタール収穫するのに一週間近くかかった。

先日、農事組合の集りに顔を出したら、私よりも五、六歳下のX氏が、「浩一郎君が亡くなったばかりなのに、よく仕事なんかできるね。俺だったら仕事なんか手がつけれない」と言った。しかしそう言われたって仕方ないじゃないか。私は浩一郎が倒れた日から亡くなるまで、何ど涙を流したことか。涙を流し続けてもたもたしていたら雪が降って来る。今日からは凩《こがらし》に刺されながら長芋掘りだ。

張り詰めた心

体《たい》の裏表くまなく撮られをり点検受くる車体のごとく

息子が突然倒れて入院したのは八月二十九日。その翌日から私は息子に代わってトラクターを運転し、小麦を播いたり馬鈴薯の収穫を行った。息子が亡くなったのは十月五日。やはり私は翌日から次女と野良に出て、コンバインを唸らせながら小豆の収穫をした。大豆の収穫も行った。長芋の収穫は例年通り十月末に始め二週間くらいで終わらせた。長芋の収穫機は水道工事などで溝を掘ったりする時に使うバックホーだ。四、五年操作をしていなかったので、上手に使えるかどうか心配だったが、体が操作法をしっかりと記憶していたので、長芋はほとんど傷つかずに済んだ。小麦は十四ヘクタール播いたが、根雪前に行う防除作業も一日で済ませた。

十一月二十二日は息子の四十九日の法要。その翌日の午前中は長芋の収穫跡地を耕起。午後はトラクターやプラウ、デスクハローなどの土を落し、格納庫に入れた。すべての機械を入れてシャッターを降ろした後、急に張り詰めていた心がゆるんでしまった。

啄木のこころ

母よ母、何を背負ひて生きてきし白の増えたる髪ぞかなしも

私の母は大正十二年二月十七日、山形県の寒村にて生まれた。十六歳のときに帯広と隣接する中札内村に家族と共に移住し、開拓農家として汗を流した。移住の理由は父が酒ばかりくらってあまり働かなかったので、食って行けなくなってしまったからだと言う。時田家に嫁いで来たのは昭和十八年。その頃のわが家は地主だったので、食うに困ることは全くなかったそうだ。しかし、大家族だったので気が休まることがなかったようだ。現在母は八十二歳。出征兵士の妻として、農婦として、母として働き続けて来たその歳月の大方は、一口で

言うならば苦労苦労の連続。
さて、私がいちばん後悔していることは、大酒を飲んでベロベロになり、そういう母を悲しませ続けて来たことだ。

たはむれに母を背負ひて　そのあまり軽きに泣きて　三歩あゆまず　啄木

六十歳近くになってこの歌がじんわりと心に染みるのである。

悍馬

雪を蹴り悍馬寒波を突きってゆくではないかゆきに染まらず

頭がくらくらするので病院へ行って来た。血圧、上が百九十、下が百二十。萎れた菜っ葉のような私をみつめながら看護師が言った。「気をつけないと倒れますよ」。百姓になって三十八年。短歌と付き合いはじめて四十年。この間、「男たるは受けて立つべし」の心で「悍馬」のように農作業をして来た。その一方で、月刊短歌誌（八十ページ）の編集発行。新聞や雑誌の選歌。依頼原稿の執筆もして来た。冬期間は大学や短大等で講義も行って来た。ちなみに二月のカレンダーをみると、出歩く日が十日以上もある。

私は、「お前は馬だ。『悍馬』だ」と、自分に言いきかせながら激走して来たが、二、三年前から、「いつまでも『悍馬』であるはずないべ」と思うようになって来た。

明日は短歌の仕事で東京へ行かなければならない。「行きたくないなァ……」とボヤク私に妻が言った。「だったら引き受けなければよかったのに」。約束は守るためにある。

途方に暮れている「悍馬」である。

床板

生活のにほふ床板へがすとき悲鳴のごとく錆釘が鳴る

高度経済成長とやらで、日本人は、金さえあれば何でも手に入る、消費は美徳であるなどと浮かれていたことがあったが、日本の歴史千数百年のうち、その期間はわずか三十年足らずだ。人にはそれぞれ分というものがある。国にしたって同じことで、日本には日本の分というものがある。日本という国をよくよく見詰めてみるがいい。石油はゼロに等しい。鉄鉱等についても同じようなものだ。かつて企業戦士という言葉が流行していたことがあったが、戦い済んで日が暮れてしまった今日、日本はすっかり萎んでしまっている。フリーターなどという言葉をよく耳にするが、今日の日本のその萎みを見事に証明している。

私が子供だった頃の農家は小規模経営をしていた。食生活は自給自足に等しかった。つまり、米も麦も黍《きび》も野菜も自分の畑で穫れたもの。卵も然り。たまに食べる鶏肉も、年に一度くらいしか食べられなかった豚肉も然り。やむなく離農していった仲間の家の「床板」には、本当の「生活のにほ」いが染みている。

発作的結婚

按摩機に体《たい》をゆだねて眠りゐる妻の水母《くらげ》のごとき午後かな

妻の名は幸子。千葉市生まれ。父はサラリーマン。彼女と出会ったのは九月の半ば頃だった。場所は帯広の喫茶「赤トンボ」。この店の主は詩人であった。私はその店に毎晩のように通っていた。理由は母を指圧師のところへ車で送っていたので暇つぶしのために寄っていたということである。詩も短歌も短詩形文学ではあるということは言うまでもないことだが、私はその主の詩の話を聞き、短歌を作る上で色々なことを学んだ。

当時私は二十六歳。見合いは二度させられたが、どれも私の方から断った。二人とも素敵な方ではあったが、一緒に暮らすという思いがわかなかったのである。そんな私に対して紹介してくれた伯父が言った。「このタクランケ！　ぜいたく言うな」。全くその通りである。今だから言うけれど、のんだくれの私と結婚していたら間違いなく離婚していたろう。

彼女を紹介してくれたのは「赤トンボ」の主だ。一度会っただけで、十二月に結婚。私は講演をたのまれると発作的結婚と言って笑わせる。しかし、発作は起こしたが、私の文学のよき理解者だ。

水浅葱色

ロッキングチェアに凭れて妻がいふ　今日の空　ほら　水浅葱色

今、春です。とても忙しい農作業の日々です。今日は百馬力のトラクターを唸らせて、長芋、大豆、小豆、スイートコーンを作付けする畑の整地をしました。私の唯一のたのしみは農作業が終わった後、焼酎を一杯飲むことです。

　妻は十数年前にリュウマチに罹り、いまもほとんど農作業が出来ません。従って私はひとり百姓を続けていたのですが、五年くらい前、長女が結婚し農場を継いでくれました。しかし、「やれやれ」と思っていたところ、昨年の十月、娘の夫が脳内出血により、突然亡くなってしまいました。従って、またひとり百姓にもどってしまいました（長女はまだまだ半人前）。

　妻がリュウマチに罹った時、私は十勝の目玉作物である、甜菜《てんさい》、小豆、大豆、長芋の作付けをやめました。とても一人では栽培出来なかったからです。今年は馬鈴薯の栽培をやめました。人生、まこと一寸先は闇。何がおこるかわかりません。妻に「ほら　水浅葱色」と言われたその空は、くたびれた心を解《ほぐ》してくれる色。今、焼酎を飲んでいます。明日の空も「水浅葱色」かな。

喪の仕事

ものいはぬ石の表をたたきつつ霙ひたひた降りはじめたり

三月に帯広畜産大学で講義をした。講義が終わった後、私に講義を依頼した教授と一杯飲んだ。その時に私は息子が死んだ後、ガムシャラムシャラ働いたことや、今年は、本を四冊出版するという話をした。それを聞いた教授いわく「うん。それは喪の仕事というんだ」。「喪の仕事」……。はじめて聞いた言葉であるが、なるほどと思った。私の性格は超負けず嫌い。息子が死んでしまったのはとても辛いことではあるが、他人に困ったとか、疲れたとかは言わない。言っても何にもならない。

息子がいなくなってしまったので、この春の農作業は二十四時間営業という感じだ。夜は必ず焼酎を飲む。そしてヘコヘロになりながら原稿を書く。四冊出す本のうちの一冊は、私の歌の師の作品を百十一首鑑賞した『歌の鬼・野原水嶺秀歌鑑賞』（短歌研究社刊）で、二、三日前に出来あがった。残りの三冊も年内に出す予定である。「石」は「ものいはぬ」けれど、いまの私の心は「石」の心と通じるものがある。「霙」よふれふれ、「ひたひた降」れ。「霙」は中途はんぱだよ。

男の価値

人間であるぞ　愉快ぞ　今日もまたエンジン唸らせ無駄の種子播く

私はこの世に生を受けてから間もなく六十年になる。このうちの約四十年は百姓をして来た。一方、四十数年間は歌を詠んで来た。約四十年の百姓生活をふりかえってみると、実に色々なことがあった。大豊作、大凶作、農地拡大、大型機械導入。借金。このようなことをしてお金がたっぷりと残ったのか、となるとちょっぴりしか残ってない。私の大先輩の歌人大塚陽子いわく、「男の価値はどれだけお金を稼いだかではなく、どれだけお金を動かしたかと言うことよ」。……そう言われると、私は随分お金を動かしたので、男としての価値は、まあまあか、と思えてくる。

四十数年間の作歌活動はどうか。賞を幾つかいただいた。今年は十冊目の本も出した。がしかし、賞には運がつきまとう。実力者だから受賞するとは限らない。本も出せばいいというものではない。中味が大切だ。私は「無駄の種子」をどれくらい「播」いて来たのだろうか。

サラバ、酒

トラクターの激音浴びし精神に二杯三杯酒そそぎ込む

農事組合の一泊二日の研修旅行に参加した。研修先は札幌方面。一日目は農薬のプラスチックの容器や肥料の空き袋などを再利用する工場と製紙工場を見学した。農薬の容器や肥料の袋は木の屑や紙などと混ぜて燃料にする（燃焼率九十五％）と聞き大感動。宿泊は札幌薄野《すすきの》のホテル。花咲蟹と毛蟹をたっぷりと食べながら焼酎を三合ほど。二次会ではママさんと「銀座の恋の物語」を唄い焼酎を三合ほど。三次会は親しい仲間と居酒屋でまた酒盛り。私は焼酎を四合。他の二人は日本酒を八合。

翌朝、居酒屋で飲んだ仲間に起こされて食事。これだけ飲んだときは食欲がわかないのだが、飯を二杯食べた。某農薬会社で研修を済ませた後、昼食はジンギスカン。私は大きいジョッキでビールを三杯。喉が渇いていたのでとても旨かった。帰宅は七時。例のごとく焼酎を二合ほど飲んだ。それから二、三日、体がだるくて仕事がとても辛かった。母と妻と娘がいわく。「もう酒やめなさい」「よし、やめた」。

飲酒歴五十年。サラバ、酒。

続・サラバ、酒

色褪せし『獣医宝典』青春は酒の匂ひのなかに渦巻く

前回は「サラバ、酒」について書いたが、その「サラバ」はまだ続いている。昨日（九月二日）は私の住む別府町の集会所で夜宮が行われたが、その席でも私は酒を一滴も口にしなかった。そういう私を眺めながら先輩が言った。

「お前、一杯くらいいいいじゃないの……。本当にやめたの……。家では少しは飲んでんだべさ……」

「いや、本当にやめたんだわ。酒ってやつは毎日飲むとクセになるんだわ。飲まないと一日が終わらないって感じになるんだわ」

「……」

「俺は酒はやめたけど、誘われたらスナックにもゆくよ。カラオケもやるよ。飲まなくたって浮かれて、唄って、ちゃんと付き合いができるんだよね」

私の飲酒歴は四十数年。学生時代はコンパでウイスキーをガボガボ飲んだ。百姓になった頃は戯曲もどきのものを書きながら、三晩でウイスキーをストレートで一升。喧嘩もよくした。

懐かしきかな、酒という液体……。

母がいる、夢がある

土に還る助走　ひいらり朴の葉のひらめき落ちて静止してゐる

昨年の秋、帯広厚生病院の看護部長さんから電話をいただいた。内容は北海道内の厚生病院内の看護師さんたちの研修会で講演をしてほしいとのことであった。何ごとも「受けて立つ」がモットーの私。当然引き受けさせていただいた。ところがその後、息子が突然脳内出血で倒れて危篤状態になってしまった。「受けて立つべし」の私であるが、一週間後、事情を知らせ、どなたかに代わってもらうことにした。人生、一寸先は闇である。何ごとが起こるかわからない。

「光陰矢の如し」。十月五日は息子の一周忌である。この一年間、私は馬車馬のごとく働き続けてきた。息子が運転していた百馬力のトラクターも豆のコンバインの使い方もマスターした。

九月十四日、私は五十九歳になった。来年の誕生日は還暦ということになる。「何！　還暦だと！　冗談じゃない！」。私はそう簡単には「土に還」らない。八十三歳の母がいる。まだ農地を買うという夢がある。「静止」などしないぞ。

超多忙

切れ切れの時間のなかを走りきて深夜欠伸に呑みこまれたり

いつだったか帯広市長が私に言った。「時田さんは農作業をちゃんとしてるんですか」「え！　やってますよ。耕地面積は三十数ヘクタール。人並みに、いや人並み以上にやってますよ」と私。市長は私よりも一つか二つ年下で、私と同じ帯広畜産大学の同窓生で、年に何度か顔を合わす。市長は、私が短歌に夢中になり、農業をおろそかにしているのではないかと思っていたのかもしれない。

市長は私よりも遥かに多忙であることはわかっているが、私も多忙である。深夜に原稿を書きながら、「何でこんなことしているのだろう。百姓だけやっているのだったら、楽だろうな」と思うことがある。

今日は朝七時から大豆の収穫をした。畑から帰ったのは夜七時。飯を食べた後、十一時頃までチョッパーで大豆殻砕きをした。その後、一っ風呂浴び、この原稿を書いている。明日も早くから大豆刈り。明後日は北海道新聞短歌賞選考のために札幌へ。勿論、日帰りである。私は年がら年中超多忙である。

黄の旗

後悔は先にするべし地吹雪にらんるのやうに靡く黄の旗

農業は自然が相手だ。従っていくら汗を流して頑張ったって、最新の栽培技術を駆使したって、肝心な時期に悪天候が続けば不作になってしまう。これは百姓であるならば誰もが知っている。毎年一月に入ると営農計画書を農協に提出する。内容は好天続きの一年であることを想定しているので、どの作物もほどほど穫れ、価格もほどほどだから黒字経営だ。

そんな訳で、その計画通りに行くものと信じ、収穫の前に欲しかった農機具をどんどん買ってしまう。私の場合、昨年は五百万円以上の買い物をした。ところが、小麦は豊作ではあったがオール二等品。小豆も豊作だったが激安。長芋は昨年は全国的に豊作だったらしく、追加精算が大幅に少なかった。毎年十二月は組合員勘定と睨めっこの日々。

「まいったな……おい。銭が入らねえよ」

「オラ、一千万以上入らねえよ」

組勘窓口近くでの会話だ。「後悔は先にするべし」。だがそれじゃ営農意欲が湧いて来ない。

横井庄一伍長の言

美食家とふ男の面のぼてぼての皮こそ日本の旗にふさはし

『横井庄一のサバイバル極意書　もっと困れ！』（昭五十九・小学館）を再読した。横井さんは昭和十九年グアム島に上陸。同年七月、米軍の総攻撃により日本軍壊滅後、昭和四十七年に発見されるまでの二十八年間、ジャングルの中で自給自足の生活。食料はパンの実、ソテツの実、コプラやパパイヤの木の芯、ウナギ、エビ、ネズミ、毒ガマガエル（血ぬきをすれば毒もぬけたと言う）、草（毒のあるものは勘でわかったと言う）。応召前は洋服店を経営していたので着るものは木の皮の繊維で織り、仕立てたと言う。病気や怪我をした時は、例えば頑癬《たむし》にはパン酢、傷には特製ガマ油が効いたと言う。

「食料品の山などを見るようになって（略）、こんなことがいつまでも続くはずがない」「あたしの体験が（略）食料でもなんでも簡単に手に入って、それが当然だと思っている若い人たちに、少しでも興味を持ってもらいたいと思っている」。終章の中の言である。

酒席と私

こっそりと買ひ求めたる日本酒の二合三合今日を呑み込む

断酒前の歌である。酒を断ってから半年以上になる。この間、出席しなければならない集会や宴会には必ず顔を出した。これらの場には酒が出ることが多いのだが、私は一滴も飲んだことがない。御神酒《おみき》も御屠蘇も飲んでいない。

こういう私に対して友人が言った。

「おい、一杯くらいいいじゃないか」

「いやあ……俺ほんとうに飲みたいと思わないんだわ」

私は四十年以上も酒を飲み続けていたので、肝臓をこわし治療のために薬を二十年以上も服用し続けて来たが、先日、かかりつけの病院の医師が言った。

「肝臓はほぼ正常になりましたよ。もう薬は飲まなくてもいいですよ」

「え？　ほんとうですか先生」

いつだったか忘れたが、酒をやめた私に「時田さんは本当は酒は好きではないんじゃないの」と言った人がいた。なるほど、私は酒の力を借りて生きていたのかもしれない。

私は酒を飲まなくても酒席が大好きだ。

古書

例えば本の下敷になって死ぬのもよかろう　おぼろおぼろの思想を抱き

二十歳代のはじめ頃に詠んだもので、いわゆる自由律短歌というやつなので、五・七・五・七・七を無視している。

さて、私は子供の頃から本を読むのが大好きであった。本を積極的に買いはじめたのは高校に入ってからであり、はじめて買った全集は『日本の文学』（中央公論社）で全八十巻。月一冊の配本だから、私は八十回本屋さんへ足を運んだということになる。現在、私は何冊くらい本を持っているのだろうか。五千冊なのか六千冊なのか、それ以上なのか。全くわからないが、それらの本は居間の本棚と二階の書庫にある。私は短歌と付き合いはじめてから四十年以上になる。従って一番多いのは歌集歌書だ。次に多いのはアイヌの人たちの歴史文化に関するものである。因みにこうした本は今年に入ってから五十冊以上買っている。どれも古書で、六十万以上は使っている（この金額は家族には言っていない）。これからも某古書店の「文献目録」を覗きながら買い続けることは間違いない。『雑種民族列島』という本を出すことが私の夢なのである。

オロオロ

忙しい男を通せ泡立って明日が俺を呼んでゐるのだ

第八歌集『野男伝』の原稿を出版社に送ってほっとしたとたん、大風邪。喉はヒリヒリ。腹の調子も悪い。そんな状態のなかで長芋の種子切りが始まった。作業人数は妻と娘と私と出面《でめん》さん三人。切る量は約十六トン。一週間はかかる。

元農協職員のE氏いわく。

「食欲がないの……。メシも食わずに稼ぐんだから儲かってしょうないべさ」

「だったらいいんだけどさ、いま、長芋はただみてえになっちゃったんでね」

どっさりと貯金して離農したT夫人いわく。

「何年も高値が続いてたんだもの……。いっぱい貯金したんじゃないの……」

「だったらいいんだけどね。全部農機具代に消えちまった」

　S夫人いわく。

「うちのとうちゃんね、馬を飼ってんの……。年金を注ぎ込んでやってんの……。馬鹿みたい」と会話はとても楽しいのだが、私は疲れて原稿が書けず、「明日が俺を呼んでゐる」のだが、心は一日中、オロオロ……。

虫歯

捩れたる盤《はん》陀《だ》の棒だ　さうである　明日もあかるい太陽昇る

　鼻腔炎に罹ってから三年以上になる。幾つかの専門の病院へ通ったがなかなか治らずに困っていたところ、昨年の暮れ、虫歯が原因で鼻腔炎に罹ることもあるという話を聞いたので、さっそく歯科に行ってみた。いままでの経過を話したところ、医師はレントゲンを撮り、そして右の犬歯を抜き、その歯の根元をドリルのようなもので掘り、その穴に入れた細い鉄棒を叩いたら、右の鼻の空気の通りがよくなった。左の鼻の空気の通りはいまもよくない。それで医師に左の犬歯も虫歯でズキズキするので抜いてくれと頼んでいるのだが、「この歯はまだ使える。もったいないので抜くことはない」と言って抜いてくれない。

この春は天候が不順でなかなか農作業が進まない。治療の予約の日は天気がよく、三回も予約をキャンセル。従って虫歯の治療は進まない。勿論、左の鼻の空気の通りはよくない。次の治療予定日は一週間後だが、天気がよければニンジンを播かなければならないので当然キャンセル。いまの私は「捩れたる盤陀の棒」。天気がよければボロボロの体軀を稼働させなければならないのだ。

現役

黄のグリス押されて軸にからみつくグリスも疲れてゐるかペトペト

九月の誕生日が来ると六十歳。つまり還暦を迎えることになる。当り前のことではあるが、まこと、人生ってやつは長いようで短い。二十歳のときに私は百姓になったが、その頃は人生ってやつは長い長いものであると思ったものだ。三十代の頃もそう思っていた。心身共に元気であったので山林《やま》も買った。ドデカイ家も建てた。借金をしてもなんとかなるさ、と思っていた。四十代の頃も機会があればもっと農地を買おうと思っていた。五十代の半ばを過ぎても同じような思いを抱いていた。ところが、一年ほど前からこうした思いが薄らぎはじめた。青春時代に描いていた大農場経営という夢がひょいと心に現れ、「よおし、ヤッタルカ」などと思ったりもするが、それは泡のようにすぐに消えてしまう。

今、私の庭の木々達は一斉に緑の葉を広げ、眩しく輝いている。その中でエゾリスや小鳥達も命を輝かせている。私は春先から休む暇もなく働きつづけているので疲れてヘトヘトである。「しっかりせい」という声が心の底から聞こえてくる。そうだ、人生は白骨となるまで現役だ。

酒と魂

オーバーヒートしたか筋骨魂がゆるんでゐるといふにあらねど

酒をやめてから間もなく一年が経とうとしている。私は決して意志が強い人間ではないのだが、大酒飲みであった私が酒を全く飲まないのだから、これはひとつの事件なのかもしれない。友人のY氏いわく。「エライ!」。A氏いわく、「本当にやめたの?……」。母いわく、「これで安心して死ねるわ」。甥いわく、「伯父さんて意志が強いんだね……」。このように周囲の人たちに言われると、なんだか恥ずかしくなってくる。

さて、酒をやめたからといって私は酒盛りに顔を出さなくなったわけではない。飲まなくたって飲んだときと同じように駄洒落を飛ばし人を笑わす。カラオケもしっかりと唄う。私の本職である農業も飲んでいたときと同じようにしっかりとやっている。がしかし、体は飲んでいたときのほうが疲れなかったような気がする。それは酒が体に気合いを入れてくれていたせいなのかもしれない。この二、三日、私は一日十時間以上働いているので「筋骨」が「オーバーヒート」。「魂」は飲んでいたときのほうが締まっていたような気がするのだが……。

また酒と私の話

日に一升十日で一斗酒喰らひ走りつづけて来たりぬわれは

この欄に酒をやめたということを何度か書いたけれども、正確に書くならば酒を「やめた」のではなく、酒が「飲みたくなくなった」のである。四十年もの間、「日に一升十日で一斗」も飲みつづけて、肝臓や胃に負担をかけて来たのだから当り前のことであろう。

さて、三ヶ月前のことである。掛り付けの医者に血糖値を調べてもらったら二百を切っていた。医者いわく。

「少しずつ良くなって来てますよ。それと、肝臓の薬はもう服用《の》まなくてもいいですね」

「エッ、本当ですか。それは酒を飲まないからでしょうか。私は酒を飲みたいと思わなくなっちまったんですよ。……飲みたくなくなってよかった……」

このほかにも「よかった」ことが幾つかある。酒代、タクシー代がかからなくなった。読書の時間が増えた。二日酔いがなくなったので自己嫌悪になることが少なくなった。

庭の科木《しなのき》が黄白色の花を咲かせている。その花の近くで蝶が乱舞している。長閑《のどか》な午後である。

延命治療

口をひらきて眠りゐる父太陽が窓から覗いてゐるといふのに

父が亡くなってから四年近くになる。入院中の父は流動食で生きていた。その流動食は口からではなく、腹部に穴を開け、管で胃に直接注入されていた。ある日父が言った。

「どうもメシを食ってない気がするな。食ってるんか……」

「……食ってるさ。だから生きてるんだべさ」

父の問いに私の胸は張り裂けそうだった。その父は一年近く入院し、病院でポックリと逝ってしまった。行年九十一歳。父は流動食で生かされていたのだから、正直言って私はホッとした。

父の入院中、私は植物状態となった老人とたくさん出合った。生きているのか死んでいるのか自分では全くわからない老人を眺めながら、患者本人のことや家族のことなどいろいろと考えさせられた。最近、私は妻や娘に言っている。「もし俺が植物状態になったら延命治療は中止してくれ」と。このような考えの人はたくさんいることだろう。命が尊いことは言うまでもあるまい。それ故に植物状態の患者の延命治療の是非について充分に考える必要があるのだ。

拝啓　番長殿

九《く》寸《すん》五《ご》分《ぶ》腰の晒にひそませてゐたる先輩某町助役

「九寸五分」というのは長さが九寸五分の短刀のことである。高校時代、私が一年生の時、この「先輩」は三年生であった。勿論、番長殿である。私はこの番長殿とは廊下で年に何十回も擦れ違ったが、一点をじっと見詰め、肩を大きくゆすりながら歩くその姿はとても怖く、血が凍るような思いがした。しかし番長殿が校内でもめごとを起こしたという話は一度も聞いたことがなかった。大物はつまらないことには顔を出さない、ということを私は学んだような気がする。

さて、いまどきの高校には番長殿がいるのだろうか。想像であるが、私にはいないように思えてならない。先輩と後輩との関係も、先生と生徒との関係も、同輩同士の関係もぼんやりとしていて区別のようなものがはっきりとしていないのではなかろうか。口論などはしない。周囲でもめごとがあっても、「あっしには関りのないことで」……といった風なのではなかろうか。
拝啓　番長殿。あなたがいた頃の学生時代はめりはりがありました。緊張感がありました。それらは社会に出てから大いに役に立っています。

昼休み

切れ切れの時間のなかを走りきて深夜欠伸に呑みこまれたり

今日は十月二十九日。長芋の収穫が始まって二日目だ。今日も朝五時から夕方五時まで、長芋が折れたり傷ついたりしないように気をつけながらバックホーを操作し続けたので、くたびれて身も心もボロボロである。

さて、この収穫作業には長女と私の他に出面さんが六人来ている。今年始めて来てくれた

Sさんは七十二歳。男性。職業は農業であるが、いまは豆や馬鈴薯などの換金作物は栽培せず、牧草を栽培しているという。この牧草は飼育している馬の飼料である。

昼休みに私はSさんに訊いた。

「馬はいま何頭くらい飼ってるんですか」

「……だなぁ……。ペルシュロン、十二、三頭かな」

「輓馬として売るんですか」

「ほとんど肉よ……。馬サシにしたらウメエぞ」

「……俺ね、馬は好きだけど、輓馬は観るのいやだな……馬がかわいそうでさ」

長芋の収穫は超過激だが、色々な人との交流が楽しい。夜は「欠伸に呑みこま」れるのが楽しみである。

骨を軋ませながら

人生に終りのあるといふことを骨の白さに教へられたり

私がはじめて火葬というものを見たのは七、八歳の頃のことである。場所は自宅から二キロほど離れた森のなかの墓地で、墓石や卒塔婆《そとば》が生い茂った草のかげで淋しそうに突っ立っていた。

その火葬の方法であるが、いまとは全く違うものであった。死者が出るとまず地域の若い衆が墓地の柏《かしわ》を伐り倒して二メートルくらいの丸太を作り、それをキャンプファイヤーの薪のように高く組む。その上に遺体の入った棺を載せて石油をたっぷりとかけて火を放つ。柏は生《なま》であるからすぐには燃えないので、若い衆は酒と炎で顔を真っ赤にしながら棒で丸太を突いたり叩いたりして火に勢いをつけていた。

さて、このようにして炎のなかの遺体が骨だけとなってしまうまでには三、四時間はかかったと思う。少年の私は完全に消えた炎の底から現れた「骨」を眺めながら、人間は必ず死ぬのだということを、「人生に終りのあるといふこと」をしっかりと学んだのである。

私はいま六十歳。白骨となるその日まで骨を軋《きし》ませながら走り続けたいものである。

歌の種子

つまらねえ歌論は不要野男《のをとこ》は野に出て土を耕せばよい

歌集や歌論集など短歌に関する本が毎日のように送られて来る。それが溜りに溜って二階の書庫がいっぱいになってしまった。本というやつは紙で出来ているが意外と重いのである。床下には鉄骨が並べられてはいるが、大地震が起きたら床が落ちるかもしれない。

増え続けるこれらの本をどうしたらよいか困っている私に妻が言った。

「空き部屋を利用すればいいじゃないの」

「またいっぱいになっちゃうべさ。……資源ゴミとして出すか……」

「それじゃ著者に失礼じゃない」

「……」

さいわいなことにそれらの本（二千数百冊。約一トン）は年の暮れに地元の図書館が引き取ってくれた。館内に置き、希望者にあげるのだという。本が再び輝くのであるからとてもよい方法である。

短歌と付き合いはじめてから四十数年になる。この間、私は歌集や歌論集をあまり読まずに過ごして来た。私は十勝の百姓だ。私の歌の種子は十勝の土のなかにあるのだ。

人生という病

歌発射「辛夷」発行野良作業百まで生きて著書五十冊

結核に罹り二十八歳の若さで逝ったアイヌの歌人違星北斗《いぼしほくと》（一九〇二―二九年）の絶詠は、

世の中は何が何やら知らねども死ぬ事だけはたしかなりけり

である。当り前のことを詠っているのであるが、何度も繰り返して読んでみると極めて説得力のある呟きとして心に染みてくる。私は「世の中」について政治家や各分野の学者があだ、こうだ、と力説をするのをたびたび聴くのであるが、いまひとつよく解らない。特に僧侶の「人生とは云々」といった説教を聴くと、「一度も死んだことがないくせに何言ってやがる」と言いたくなる。

さて、私もいずれ白骨になる。いま私は六十歳。日本人の平均寿命から計算すると、あと二十年は生きられるかもしれない。いや、近頃は百年以上も生きる人がいるのだから、あと四十年くらい生きられるかもしれない。だとしたら私の人生はこれからだ。「歌発射」『辛夷』（短歌誌）発行」、「野良仕事」など私にはやりたいことが山ほどある。「人生という病」とは誰が言ったのか忘れたが、生きるとはまさに病むことなのである。

税金

肥料倉のN《チッソ》・P《リンサン》・K《カリ》たちも春の大地の雪どけを待つ

確定申告の事務が終わった。結果は納税額ゼロ。一年間、朝から晩まで汗を流し、トラクターを唸らせて働いてゼロというのははっきり言って気分が悪い。私は税金をたっぷりと払ってぼやく人に対して、「税金を払うということは儲かったということなのだからシャ、、、ーないべさ」と言ってからかったことがある。同様にからかわれたこともある。

今日は三月一日である。昼頃、農協から整備されてピカピカになったトラクターが届いた。このトラクターとの付き合いはもう二十年以上になる。私は数ヶ月ぶりに運転席に座り、エンジンをかけ、ハンドルをクルクルと回しながらトラクターに言った。「今年もやるべ。ガンガン走れよ。たのむぞ、おい」と。私の農場にはトラクターが全部で四台ある。そのどれもが私にとっては同志である。ダンプカーもパワーショベルも播種機も砕土機も同志である。同志は農機具ばかりではない。「N《チッソ》・P《リンサン》・K《カリ》」たちも、殺虫剤・殺菌剤たちも同志である。そうだ、忘れていた、家族たちは最も頼りになる同志である。来春は税金を払い、「シャ、ー、ないべさ」と言われたいものだ。

銭金ぬきの人生

もう一度生まれるならば別府町火山灰地を裏返すのだ

長芋の種子切りが始まった。種子の総重量は十三トン。人員は私と妻と娘と三人の出面さん。私は駄洒落を言うのが得意なので作業の現場は笑いが絶えることがない。

さて、一服のときに私は出面さんに訊ねた。

「もう一度生まれるとしたらさ、男がいい？　それとも女がいい？」

A子さんいわく。

「もう人間はこりごりだわあ……」

B子さんいわく。

「男かなあ……。でも男ってさあ、可哀想な生き物よね……」

C太郎さんいわく。

「俺かい、そりゃあ旦那、男だべさ。俺は百姓の生まれだから百姓がいい。で、旦那はどうなの」

「俺かい……。やっぱり男だべさ。またこの別府町に生まれてさ、やっぱり百姓をするね。一千町歩くらいの畑をさ、三百馬力くらいのトラクターで起こしてみたいね。ただし、銭金《ぜにかね》ぬきの百姓だよね。人生ってえのはさ、銭金がつきまとうとさ、くたびれるべさ……」

時間

一生《ひとよ》、即ちくろがねの棒ボロボロの錆をまとひて朽ちてぞゆかむ百姓の同志Ａは市議会議員である。議員だからといって本職の農業を決して疎かにはしない。いや、農業だけをやっている百姓よりもよく働き立派な経営をしている。忙しい人ほど時間を大切に使うといわれるが、Ａも時間を実にうまく使いこなしている。その証明としてＡは少林寺拳法三段。水泳もやっている。その実力は日本スイミングクラブ泳力認定一級。北海道マスターズ水泳大会（二十五メートル。六十―六十四歳の部）で自由形、平泳ぎ、フリーリレー一位。メドレーリレーでは二位となっている。

大学の同期生Ｋは四国の某町の議員である。勿論、本業の牛飼いもしっかりとやっている。学生時代、Ｋは目を輝かせながら、「俺はうたごえ運動を起こし、四国山脈をうたごえで包むのだ」とよく言っていた。Ｋの当選回数は十回くらいになろう。時間をうまく使いこなしているＫのことだから、いずれうたごえ運動は全四国にひろがることだろう。

私は時間を無視して突進するタイプ。私は「錆をまとひて朽ち」る日まで走り続けるのだ。

ア、イテテ……

オーバーヒートしたか筋骨魂がゆるんでゐるといふにあらねど

長芋の種子が二十数キロ入っているコンテナを中腰で持ち上げ、植える人に渡す作業を五日間行った。そのせいか腰が痛くて野良仕事が出来なくなり、三日間家の中で寝たり起きたりして過ごした。「ア、イテテ……、ア、イテテ」を連発する私に妻が言った。

「ブラブラしてるんだったら、病院へ行ったら、イテテ……、イテテ……とうるさいわ」

「ア、イテテ……、イテテ……。腰を使い過ぎただけだべさ……。もう二、三日したら治るべさ。ア、イテテ……」

「だったら原稿でも書いたら……。締め切りが過ぎてるのあるんでしょ」

「あるさ。頭の中で書いてるさ。ア、イテテ……」

痛い腰をかばいながら原稿を書き始めた途端に農機具屋が来た。私は顔をしかめて「うるさい」と言ってしまった。農機具屋は「どうしたの」という顔をして帰っていった。私は大反省。すぐにケイタイ電話で詫びた。その後、肥料屋が来た。私は風呂の中から大声で言った。

「いま腰を暖《あった》めてるんだわ。ア、イテテ……」

御主何者

真四角の鏡のなかのへんぺいの顔の所有者　御主何者

酒を飲むのをやめてから何年何ヶ月経ったのであろうか。全く思い出せない。一週間ほど前、近くに住む農家の婦人二人に誘われてスナックで深夜までカラオケを楽しんだ。この二人はかつて小学校のＰＴＡで活動したときの仲間である。ちなみに私は会長であった。

さて、そのスナックの棚には酒類がびっしりと並んでいた。それを眺めながらA子さんが言った。

「時田さん、ビールにする、それとも焼酎」

「飲まない。酒はやめたんだ」

「あんなに飲んでたのに……。エライね」

　B子さんが言った。

「エライね。アルコール依存症じゃなかったのね。エライ」

　かつて私は一日に一升くらい酒を飲んでいた。飲みながら農作業もした。原稿も書いた。その頃の私の人生は酒気帯び人生であった。

　酒をやめてから多くの人から「エライ」と言われる。だが、実はそう言われるといい気分ではない。私は〝飲まない努力〟なんかしていないからである。今日も鏡を覗いた。顔が「へんぺい」なのは酒を飲み過ぎたせいだろうか。「御主何者」。

鬼罌粟

炎天に咲ける鬼罌粟　白骨となるまでの距離ふと測りたり

昨年の暮れに行われた町内会の役員改選で、私は共同墓地の清掃係をやることになった。この役は墓地の周辺の草を刈ったり、通路に除草剤をかけたり、供物を片付けたりすることである。

先日、今年最後の清掃を行った。朝から蟬が煩く鳴く暑い日であった。メンバーは私の他にN町内会のSさんとK町内会のMさん。通路に除草剤をかけ終えたところで一服。清掃係の代表であるSさんは七十一歳。ジュースの缶を棒のようなごつい指で握り、地面をじいっと見詰め、唇をぷるぷると震わせながら呟くように言った。

「息子がよ……。長芋のよ……。除草剤をかける機械が欲しいってんで、買ったの……。八十万円よ、……儲かんねえ……」

Mさんは五十代半ば。長葱作りの名人だ。長葱の匂いの染み着いた大きな体をもじもじと動かし、口角のビールの泡を腕で拭いながら言った。

「皆な立派な墓にしたな……。俺も建て替えたいけど……。儲かんねえ……」

墓地に咲いていた鬼罌粟のくれないの花がまだ眼に焼きついている。

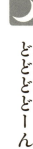

どどどどーん

どどどーんどどどどーんと轟いてゐるのはエンジンだけではないぞ

昨日は朝から雨。午前中、四輪駆動百馬力のトラクターを轟かせて小麦の収穫跡地を起こした。午後三時、私が編集発行している歌誌「辛夷」十月号の編集会議。四人の委員が欠席したので久し振りに私が割り付けを担当したが、昔取った杵柄——。作業は一気に終了した。「さすがに編集発行人」などとおだてられ、ちょっぴりいい気分。編集会議終了十時半。その後十二時まで北海道新聞の短歌の選をした。

今日は朝から晴。午前中、「辛夷」の巻頭エッセイ執筆と「詩歌句」という雑誌の短歌の選をした。午後は馬鈴薯の疫病の最後の防除を行った。自宅からその馬鈴薯畑までは片道一・五キロ。その道をスプレーヤーを装着したトラクターで五回往復した。スプレーヤーのタンクの中には千三百リットルの薬液が入っているので、トラクターの運転には神経を遣った。作業終了は五時。その後、この原稿を書いている。

私はもう二十年以上もこのような不規則な生活をしている。これが私の生活のリズムである。「轟いてゐるのはエンジンだけではない」のだ。

男ガスタルデハナイカ

沈ンデバカリヰテハ男ガスタルデハナイカ明日ガオレヲ待ツテル

Ｍ農場の主が体調を崩して入院中である。いまは収穫の秋のど真ん中だ。みんな農作業に追いまくられている。Ｍ氏はベッドの中で農作業のことを心配しているに違いない。私の町内会では経営主が病気などで働けなくなった場合はみんなで手伝ってやることになっている。つまりＭ氏の場合はその決りに該当する。

昨日は十数名が出て手亡《てぼう》（白い小粒のいんげん）の収穫作業をした。作業機はコンバインとスレッシャーを使ったが、茎葉が充分に乾いてなかったので順調に動かず、半日の予定の仕事を終わらすことが出来なかった。私は自分の小豆の収穫をしたが、やはり順調にゆかず、終わったのは夜の十時だった。

今日は昼近くまで雨が降った。明日は午後からＭ氏の小豆の収穫をしようと思っている。そのためにコンバインの整備を終わらせた。三日後には札幌で北海道新聞短歌賞の選考会だ。その後は自分の大豆とＭ氏の大豆の収穫だ。長芋の蔓かたづけもしなければならない。いろいろ考えると心が「沈」むが、「沈ンデバカリヰテハ男ガスタル」。

百姓の顔

皺みつつ凍て深めゐる畑面《はたづら》に伏して無言の枯葉いちまい

東京の友人O氏に電話をかけた。

「だべな。俺にはサラリーマンは無理だべな。使ってくれる会社なんかないべさ……」

と私。

「ない。絶対にない。野男《のおとこ》にサラリーマンは向いてない。勤めるなんてことは出来ない。ウアッハハハ……」

とO氏。

野男とは私のことである。氏は野男を追跡し、『野男のフォークロア』という本を世に出したことがある。いま、現代短歌文庫『時田則雄歌集』の解説文を執筆中である。氏は私の裏も表も充分に知っているのだから、「ウァッハハハ」と大声で笑うのは当然なのである。

百姓になってから四十一年になる。この間、朝から酒を喰らい（いまは飲んでない）、大農場主になることを夢見ながらトラクターと共に激走して来た。今朝も冷たい水で顔をザブザブと洗い、じっくりと鏡を覗いた。その顔は「皺みつつ凍て深めゐる畑面」みたいである。四十一年かけて彫った百姓の顔である。

百姓の時間

雑用に追ひまくられて一日終ふかくして一生《ひとよ》は完結するか

この二十数年の間に数えきれないくらい原稿を書いた。講演の回数は百回を超えている。大学での講義時間は何百時間になるだろう。私の本職は農業だから、これらをこなすために要する時間を捻出することは大変なことである。

原稿や講演・講義を頼まれたときは、迫り来る締切り日と闘う辛さも、演壇・教壇に立つ前の緊張感も忘れ、ホイホイと引き受けてしまう。これも一つの職業病というべきか。いや、私は人さまにものを頼まれるとイヤと言えない性格である。つまり意志が弱いということにもよる。

今日は帯広厚生病院で十一年ぶりに全身の精密検査（人間ドック）をしてもらった。血液検査を終えた百姓のM氏が、注射針を刺された部分をさすりながら言った。

「おい、先生。相変らず忙しいんだべ。おい」

「おお、百姓の同志。お前は……」

「俺か、冬だもん、暇ださ。ストーブで股座《またぐら》あぶって暮らしてるさ」

実に素晴しい暮らしである。うらやましい百姓の時間である。

花の海

春が来れば必ず花を咲かす木でありたし白き花でありたし

買うということを条件に十ヘクタール（三万坪）の畑を借りることにした。現在の私の農場の耕地面積は三十ヘクタールだから、大幅な規模拡大ということになる。そういう私に百姓の先輩であるT氏が言った。

「お前、六十過ぎたべさ。いまの面積でよ、充分に食ってけるべさ。人間ってのはよ、必ず死ぬべさ。お前、何歳まで生きるつもりなんさ……。フォッホホホ……」

「俺かい……。そうかんたんにゃくたばらねえべさ……。俺の人生はこれからだべさ」

私の祖父は身ひとつで北海道に渡って来た。そして幾つかの経緯を経て百姓になり、八十数ヘクタールの大農場主にのしあがった。私は祖父のそのロマンに満ちた人生に魅かれ今日に至っている。……そうなのだ、私は食うために百姓をしているのではないのだ。私の人生は祖父に対する挑戦なのである。

今年は馬鈴薯を八ヘクタール作付けする予定だ。目を閉じると純白の花の海が浮かんでくる。祖父よ、私の心はもう春の真ん中だよ。

第二章

幌尻《ポロシリ》岳の見える場所

初出「読売新聞」二〇〇二年五月十二日〜六月三日

三

恵みを摑む音

ポロシリの嶺の白雪みてあればをとこ男ごころ芯が尖るぞ

私は十勝平野のほぼ中央に位置する帯広市の郊外で百姓をしている。自宅の窓からは日高山脈の雄峰、十勝幌尻岳《ポロシリ》がよく見える。「ポロ・シリ」はアイヌ語で、「大いなる・山」だ。五月、長い冬の眠りから覚めたカラマツが一斉に緑の炎を噴きあげる。その炎のように、十勝の百姓は収穫の秋に向かって一斉にトラクターを唸らせる。いま、私の農場では長芋を作付けする畑に堆肥を撒布している。今年の面積は二・五ヘクタール（七千五百坪）。堆肥の量は約百五十トンだ。太くて長いのが穫れると信じ、息子と二人で早朝より張り切っている。

堆肥撒き終へしゆふぐれ存分に酒を喰らひて朦朧となる

十勝は日本有数の畑作酪農地帯だ。近年、それを裏付けるかのように、都会からオヨメサンが来る。百姓の先輩の一人として、これは実に嬉しいことだ。
安政五（一八五八）年七月、北方探検家松浦武四郎は、十勝川と音更《おとふけ》川の合流域に至り、次のような歌を詠んでいる。

このあたり馬の車のみつぎもの御蔵をたてて積ままほしけれ

武四郎は十勝平野が豊穣の大地になることを確信していたのだ。馬耕農業が去ってしまった今日、馬車の軋む音に代わってトラクターが唸っている。この音は大地の恵みを摑む音だ。

三 野火

神は不在の北限なればひとの妻をうばひきて移民の村おこしをり

こちらからも野火を放てばよろこびて火はわが拓地一帯に燃ゆ

中城ふみ子、大塚陽子ら多くの新人を発掘育成した十勝歌壇の祖、野原水嶺の歌だ。水嶺は明治三十三（一九〇〇）年岐阜生まれ。大正九（一九二〇）年、私塾卒業後、一家七人帯広の隣にある芽室《めむろ》村に入植し、熊笹の繁る原野の開拓に挑んだが、生活は困窮。二年後、耕地を弟に譲り代用教員となった。開拓農としての体験はわずかだったが、一首目の「ひとの妻をうばひきて」には、新しい「村おこし」への夢が脈打っている。この歌は七・七・六・九・七の三十六音によって成立しているが、ぜひ声に出して読んでいただきたい。内容が大きいので短歌の器におさまりきらないところに味わいがある。二首目の「よろこびて」は大農場主になることを志した青年水嶺の心そのものだ。

敗北はあるひは罪かブラキストン・ラインこえきし祖父を超すべし　則雄

嫁して祖母七十五年ひともとの樹にたとふれば両手にあまる　同

私の農場はもう百年以上の歴史を刻んでいる。今日は四代目に当たる息子夫婦がトラクターを軽快に響かせて大豆播きをしている。いずれ私はこの息子夫婦に、祖父母や父母の開拓の苦労ばなしを伝えてやらなければならないと思っている。

凍土の花

帯広の緑ヶ丘公園の森のなかに中城ふみ子の第二歌碑がある。碑面には次のような歌が刻まれている。

母を軸に子の驅けめぐる原の晝木の芽は近き林より匂ふ

ふみ子は大正十一（一九二二）年帯広生まれ。昭和二十九（一九五四）年、乳癌により没。行年三十一歳。その生涯は東京遊学、結婚、癌による乳房喪失、離婚、大恋愛、「短歌研究」

の第一回五十首詠入選による歌壇デビューと、実にドラマチックだ。ふみ子は鮮烈な恋の歌をたくさん詠んでいるが、この歌には母の哀歓が漂っている。「木の芽」には「子」の健やかな成長を願う母の心が滲んでいる。「匂ふ」には優しい母性があふれている。

歌碑が建立されたのは昭和五十八（一九八三）年のことだ。その除幕式で、私は碑面の歌を朗詠させていただいたことを懐かしく思い出す。いま、緑ヶ丘公園はさわやかな緑につつまれている。耳を澄ますと、「母」と「子」の明るい声が響いて来る。

さて、私の農場の小麦も日毎に緑が濃くなって来た。この小麦は昨年の九月半ばに播いたものだ。凍土に根を張り、冷たい雪と闘いながら懸命に冬を越して来た故か、緑が一際眩しい。輝くその緑の海原を眺めながら、私はふみ子の次の歌を思い出した。

凍土に花の咲かずと嘆く半歳はおのれが花である外はなし

ふみ子の強い気質が表れている。「凍土」はふみ子の生涯そのもののように思われて来る。

三

ミステリー・サークル

ちちははも妻も二人の子も眠り月に吠えたき夜はあらぬか

ミステリー・サークル出現満月がここに身震ひせし跡ならむ

大塚陽子歌集『酔芙蓉』の中の一連、「時田農場と月」より引いた。二首共、十五、六年前に詠まれたものだ。その頃の私は営農規模を拡大し、借金を抱えて一心不乱に働いていた。PTA会長など地域の役もたくさん背負っていたので、まさに「月に吠えたき夜」の連続であった。

今年の小麦の成育は例年よりも一週間ほど進んでいる。この小麦の収穫は七月の半ば過ぎに始まる予定だ。その作業は雨が降らず、コンバインが故障せず、乾燥工場が順調に作動すれば、連日連夜休むことなく続き、十日前後で作業のすべてが終了するが、その過激な日々を想像するだけで心が重くなって来る。

さて、かつてイギリスの小麦畑のど真ん中に大規模で美しい「ミステリー・サークル」が出現し、宇宙人の仕業ではないかと話題になったことがあるが、私の近くの小麦畑にもスケールは小さいが二つ出現したことがあり、地元紙にも紹介された。作者は宇宙人ではなく、イタズラ好きの若者らしい。それにしても夜の夜中に「サークル」作りとは御苦労さまなことだ。

明日は馬鈴薯の培土（土寄せ）作業だ。土が乾いているうちに一気に終わらせたいと思っている。

陽に焼けし鏡の中の顔よ顔、馬面ならねどよくぞ働く

ペルシュロン

わが家の庭にはエゾヤマザクラ、ニレ、コブシ、クワ、カシワなど三十種類以上の木が植えてある。雑草は伸び放題。そんな訳でこの庭は小さな自然の森という感じだ。今朝はエゾリスが顔を出し、ターザンのように枝から枝へと飛び移り、妙技を見せてくれた。小鳥の声は一日中聞こえる。この森のどこかに塒《ねぐら》があるのだろう。

さて、一ヶ月ほど前、十勝平野の一部に雹が降り、甜菜《てんさい》や小麦が大きな被害を受けたが、十勝ではこういうことは特に珍しいことではない。二十年ほど前にはピンポン玉くらいの雹が降り、ニワトリが頭を直撃されて即死したこともある。私の農場は今回も被害を受けず、どの作物も順調に育っている。お陰で私は気持ちよく朝から晩まで馬車馬のように働いている。

ペルシュロン　その底力くれ給へ空の青さに酔つてはをれぬ

「ペルシュロン」とはフランス原産の馬だ。体量が豊かで、大型のものは体高百六十〜百七十センチ。体重は八百キロ。わが国には明治十九（一八八六）年にアメリカから輸入され、農耕用として十勝や石狩で大活躍した。巨大な胴体をゆったりと揺すりながらプラウを引いていた姿や、大きなバケツの水をゴックンゴックンとうまそうに何杯も飲んでいた顔を懐かしく思い出す。

ペルシュロン　溜息なんぞつく暇があるかもくもく薯が伸びくる

カルチベーター

十日ほど前、十勝平野は二日間にわたって大風が吹いた。砂塵を孕んだその風を浴びて豆類が枯れてしまった畑が見られるが、私の農場では大豆の根元が少々曲がった程度ですんだ。

売《うり》買《かり》川暗渠の水をあふらする男ひとすぢゆくするゑも泡

「売買川」は私の農場を真っ二つに分断して流れている。「ウリカリ」とはアイヌ語の「ウリガレップ」で「数ヶ所に捕った魚を集める所」。「ウレガベ」とも呼ばれ「平安の所」の意もある。つまり、私が暮らしているこのあたりは、食べ物が豊かで、平和なところであったということだ。

今年はこの売買川の両側の畑に小豆、スイートコーン、小麦を栽培しているが、お陰さまでどの作物も順調に育っている。

カルチベーター畝《うね》の緑を潜りゆく積乱雲に逸るぞこころ

「カルチベーター」というのは、中耕除草機のことで、トラクターの後部に装着し、畝と畝の間の土を鉄の鋭い爪でひっかいて、雑草を引っこ抜いたり、作物の根元の地温を上げたりするために使う。農作業のなかでいちばん難しいのがこの作業だ。トラクターのハンドル操作がちょっとでも狂うと、作物をひっかき、枯らしてしまうこともある。私の息子は百姓二年生。今日は朝からこの難しい作業をしていた。「失敗は成功のもと」、今年は昨年よりもかなり上手になった。

星ひとつ遠しまばゆし酌むほどに今日の人生湿潤となる

ポロシリは今日も

私の農場の小麦の面積は十四ヘクタール。融雪剤を早く撒いたことや好天が続いていることなどにより、成育は例年よりも一週間ほど進んでいる。膨らんできた穂を眺めていると、私の心も膨らんでくる。今年はトラクターやローダーなどの農機具を一千万円以上も買った。願わくばこの小麦が一千俵（一俵六十キロ）以上穫れるとホッとするのだが。

澱粉加工用馬鈴薯の「コナフブキ」も順調に成育し、薄桃色の花を畑いちめんにあふれさせている。今日は息子がトラクターの後部に装着したスプレーヤーで疫病の防除をしていた。

このスプレーヤーには千三百リットルの薬液の入るタンクが付いていて、一度に三十二本の畝に撒布することができる。畝の長さは二百七十メートルなので、往復すると約一・二ヘクタールの面積をこなすことになる。

洗濯機の泡に溺れて手袋が助け求めてゐる昼下り

さて、私は今日も小豆畑のなかに生えているノライモぬきをした。ノライモというのは昨年の秋に収穫機からこぼれた薯が土のなかで冬を越し、発芽して成育するもののことをいう。これはぬいてもぬいても出てくるので、雑草よりもやっかいである。お陰で私は畑のなかで腰をさすりながら溜息の連続だった。幌尻岳《ポロシリ》は今日も大空のなかで青く輝いていた。

馬鈴薯の花のうすももなにゆゑに薄桃色ぞ灯を消して思《も》ふ

第三章

十勝便り

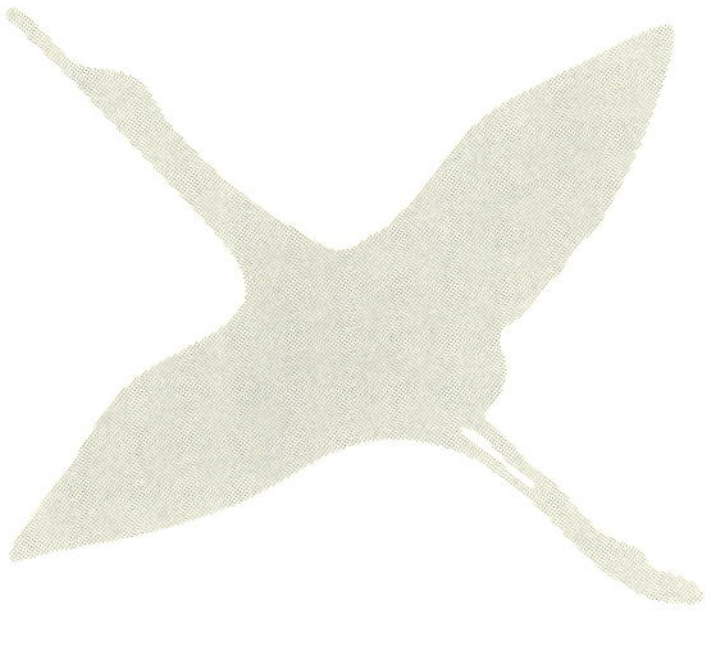

初出「十勝毎日新聞」二〇〇三年一月二十七日〜二〇一二年一月九日

地上の星

新年早々、数年ぶりにＣＤを買った。ＮＨＫ総合テレビ「プロジェクトＸ・挑戦者たち」の主題歌「地上の星」である。作詞・作曲中島みゆき、編曲瀬尾一三。唄っているのはもちろん中島みゆきである。

いま、この「地上の星」は、冷たい不景気の風にさらされながら、家族と仕事を背負い、朝から晩まで休む暇もなく働き続けている中高年層の間で、大ヒット中であるという。ちなみに私はいま五十六歳。この曲は難しくてなかなか口ずさむことはできないが、聴いていると元気が出て来るのである。新しい力がふつふつと湧いて来るのである。

さてわたしの第一歌集の中に、

野男の名刺すなはち凩と氷雨にさらせしてのひらの皮

という作品が収められている。この「野男《のをとこ》」はわたしの造語だが、一ヶ月ほど前、某新聞に十勝の農業者をこの「野男」に譬えて書いたエッセイが載っていた。私にとってはとても嬉しいことである。

「野男の名刺」は「てのひら」である。この名刺は「凧と氷雨にさら」されてガサガサであるだけではなく、過激な労働によって出来た硬い胼胝《たこ》がある。生命線や運命線、感情線には土や牛糞《ふん》や機械油などが染み込んでいる。従ってこの「てのひら」を相手に差し出せば、どういう職業に就き、どのように働いているかがわかってもらえるのだ。「地上の星」の歌詞の一部を引用させていただく。

　名立たるものを追って／輝くものを追って／人は氷ばかり摑む

「野男」たちは開拓初代の夢を引き継ぎ、大農場の経営主になることを願い、借金を背負って激走している。少しでも豊かな暮らしを獲得することを願い、トラクターを唸らせている。がしかし、何ごとも思い通りにならないのが人生というものだ。「野男」たちは重くて冷たい「氷」を握り締めながら、天空の彼方《かなた》にきらめく「星」を眺めては嘆く。

そういう「野男」たちに中島みゆきは語りかける。「わたしたちこそが星じゃないの……。あなたたちこそが星じゃないの……」――。

つばめよ地上の星は今／何処にあるのだろう

飛行機の機上から眺める私たちの十勝平野。そこには山の際まで農地が広がっている。その農地をカラマツ防風林が優しく包んでいる。昨年も豊穣をもたらしてくれたこの大地も、名もなき「野男」たちが土埃と汗にまみれながら、百年の歳月をかけて彫り続けてきた「地上の星」なのである。この後も眩しく輝き続けなければならない「地上の星」なのである。

りくの言

十勝沖地震で散乱した本が今も廊下のへりに山積みの状態で置いてある。今年に入ってからその上にあった萩原實編集兼発行の『北海道晩成社　十勝開発史』（昭和十二年＝一九三七年刊）をときどき読んでいる。

本書には依田勉三翁小伝や勉三の北海道周遊記、晩成社の事業の展開の様子などが収められているが、特に勉三の前妻りく（当時七十三歳）が萩原のインタビューに答えて勉三の気質や入植時の食生活を克明に語っているところが興味深い。

ますらをが心定めし北の海風吹かば吹け浪立たばたて　勉三

晩成社は明治十五（一八八二）年一月一日に結成され、昭和七（一九三二）年十二月三十一日に解散しているが、その間、勉三らは多くの事業に着手し、今日の十勝の産業・経済・文化などの基礎を固めたことはここに記すまでもないことだが、しかし、すべての事業が計画通りにはいかなかったようだ。

りくいわく。「百萬長者の二男として育ち、然も慶應義塾まで卒へた主人が、当時の蛮地十勝に永住し様などと考へた位ですもの、その決意の固かつた事は非常なものでした」。掲出歌の「風吹かば吹け浪立たばたて」は大志が先行して空疎だが、りくがその空疎を補てんし実感のあるものとしている。

りくいわく。「郷里の伊豆を出発する時も『唯着るものさへあればよろしい。箪笥も夜具も持つて行くな』と言ふのを兄弟の切なる諫言で漸く箪笥一棹だけを持つて来た程でした」。

勉三は帯広に開拓の鍬《くわ》を下ろす前に、二度綿密な北海道踏査をしている。従って十勝の気候風土は知っていたはずである。それなのになぜ「唯着るものさへあればよろしい」なのか。りくの言から、大志が先行し、新しく始まる生活の具体が欠落している勉三の一面をうかがうことができる。

帯広に入植した当詩の食生活の様子について、りくいわく。「何しろ米は一ケ年分だけの用意しかなかつた為、之を節約することに一方ならぬ苦心を払ひました。（中略）そこで僅かの米に大根の干菜と秋味（＝サケ）の肉を入れて塩で味を付け、之をお粥の様にして煮ることを発明した処、主人から丸で豚が喰べるものゝ様だと申された事がありました。（中略）或時、幹事の渡辺さんが、この有様をみて、

おちぶれた極度か豚と一つ鍋

といふ一句をひねつて其みじめな零落の生活を嘆かれた処、主人はそんな精神ではいけないと言つて、早速、

開墾の始は豚と一つ鍋

と詠んで訂正し、開拓に当っての覚悟を説いた事がありました」。

有名な「一つ鍋」の句の裏には、このような秘話があったのだ。

昨年も十勝管内の農業粗生産額は二千億円を突破し、その底力を見せてくれたが、この力を今後も継続させるためには、勉三をはじめとする開拓初代の人々の労苦の日々をしっかりと心に刻むことも大切である。

著者注＝りくの言葉はなるべく原文のまま。漢字は現在使われているものを使った。「渡辺さん」は渡辺勝。

イフンケ（子守唄）

今、私は部屋の中で、子守唄を聴いている。昨年亡くなった伏古集落（コタン）生まれのアイヌ民謡伝承者、安東ウメ子さんの唄（ＣＤ『子守唄（イフンケ）』ほか十六曲収録・トンコリ演奏オキ、チカルスタジオ）が流れている。

依田勉三が率いる晩成社の人たちが下帯広に移住し、開拓の鍬を下ろしたのは明治十六（一八八三）年。それから百二十年余の歳月が流れた今日、十勝平野は日本有数の農畜産物の生産の場となったのだが、勉三らが入植する以前の十勝はどのような姿をしていたのであろうか。

ウメ子さんの優しい声が心をほぐしてくれる。その心にトンコリの音が響く。果てしなく広がる緑の森が浮かんでくる。小鳥たちのさえずりが聞こえてくる。森の中に日当たりのいい小さな広場がある。アイヌの人たちの集落だ。

茅葺《かやぶ》きの家《チセ》が何軒か寄り添うように並んでいる。家の入り口近くで赤子を胸に抱いて子守唄を歌っている母がいる。茣蓙《ござ》（チタルペ）に座って衣服（アッシ）を織っている女性がいる。男たちの姿は見当たらない。狩りに出掛けているのであろう。せせらぎが聞こえる。近くに小川が流れているようだ。その川の清水は炊事などに使っているのであろう。大空に浮かぶ雲がまぶしい。樹間のはるかかなたに、私の大好きな十勝幌尻（ポロシリ＝大岳）の峰が輝いている。

移民地のわかきら巨樹を畏れねば斧に倒し火をはなちては焼く

こちらからも野火を放てばよろこびて火はわが拓地一帯に燃ゆ

神は不在の北限なればひとの妻をうばひきて移民の村おこしをり

十勝歌壇に大きな足跡を残した野原水嶺の歌集『本籍地』より引いた。水嶺は明治三十三（一九〇〇）年に岐阜県で生まれた。大正九（一九二〇）年に芽室村久山に入植し、未墾地の開拓に挑んだが、二年後に教育界に転じている。第一首は、農場主を目指して「斧」を振り上げる青年の野望が伝わってくる。「畏れねば」には大自然の中における人間の無謀を客観的にとらえる水嶺ならではの眼がある。第二首の燃えさかる「野火」は「よろこびて」と家族の心と一体となっている。第三首は、今日の十勝管内の町や村の歴史をさかのぼると、かくのごとき精神にたどり着く。

さて、十勝農業学校獣医科出身の小説家、吉田十四雄は「農村文化運動」（農山漁村文化協会・第八十四号）の中で、次のようなことを書いている。「北海道の開拓は（中略）原始林とのたたかいであって、（中略）伐《き》ることで自分たちの新生面が開かれるように思ったのであります。（中略）しかしやがて自分の土地に木々を植えずにはいられないようになってきてはじめて、北海道の農村も一人前。（中略）木々の少ない農村は文化の面からは十分検討しなければならぬ問題」

今後の十勝の在り方についていろいろと考えさせられる言である。ウメ子さんの唄の中から、自然とともに暮らす人間本来の姿が浮かんでくる。

イオル

アイヌ民族の歴史や文化に関する本を買いあさって読むようになってから二十年近くになる。それは私が通っていた小学校の校長であり、浦幌の「新吉野台遺跡」の発見者として有名な考古学者・斉藤米太郎（一九〇八―六八年）がわが家の隣に住んでいたことと、米太郎の二男明（義兄）がアイヌ音楽の収録・研究にかかわっていたこと、さらに私自身が十勝で農業をしながら文学にかかわる者としてアイヌ民族の歴史や文化について知っていなければならないと考えたからである。

さて、一度お会いしてみたかった人物がいる。それはアイヌ文化の伝承と保存、アイヌ民族の自立と権利拡大、アイヌ語研究など幅広く活躍し、北海道文化賞、地域文化功労賞（文部省・当時）を受けられた山本多助エカシ（翁）（一九〇四―九三年）である。山本エカシは釧路生活文化伝承保存研究会発行の『久摺《くすり》』第一集（九二年）の「元老大いに語る」で聴衆に向かって次のように語られている。「見渡したところ、みなさんは、われこそは大和人種だというような顔をしていますけれど、みなさんの骨格容貌は、日本を囲む東西南北から集まった雑種です」。エカシならではの言であり、特に北海道には本州や四国、九州からの移住者が多い。つまり北海道は東西南北から集まった人種のるつぼそのものなのである。

『日本人はるかなる旅①』（NHK出版、二〇〇一年）の中で、国際日本文化研究センター名誉教授の尾本恵市氏は「現在のアイヌおよび沖縄の人びとは原日本人系の集団で、本土日本人は渡来系集団が原日本人と混血して生じた集団である」と論じている。私の本棚には『東北・アイヌ語地名の研究』（山田秀三著、草風館、九三年）、『九州の先住民はアイヌ』（根中治著、葦書房、八三年）、『古琉球』―土器、石斧、あるいはアイヌ的地名から古くは沖縄群島にもアイヌが居たとの論あり――（伊波普猷著、青磁社、四二年）があるが、尾本の論はこれらの本の内容と通じるところがあり興味深い。

さて今年の八月二十八日、とかちプラザにおいて「二〇〇五イオルフォーラム」が開催された。「イオル（ｉｗｏｒ）」とはアイヌ語で「尾根と尾根の間の比較的平らな部分、山の谷間。熊狩りなどをする所・狩り場」（『アイヌ語辞典（沙流方言）』田村すず子著、草風館、九六年）、つまり「アイヌ民族の伝統的生活空間」である。国土交通省は来年度から「イオル再生構想」を事業化するという。道内には七ヶ所できる予定。その中核となるのは白老町で、十勝（トカプチミュージアム）は幕別町千住・相川地区とのことである。

この国土交通省の「イオル再生構想」は実に意義深い。私はここで提案したいことがある。それは義務教育の中にアイヌ民族の歴史、文化などを取り入れた授業を行うということだ。そうすることによって「再生構想」が実現したとき、「イオル」の果たしていた意義の大きさが十分に理解されるものと信じるからである。

忙しい中でも

ゴールデンウィークは大方の会社員にとっては、盆や正月より嬉しいことであろう。しかし農家にとっては猫の手も借りたいほど忙しい日々の連続である。そうした中、広尾の伯父が亡くなった。行年八十九歳。私にとっては一番頼りにしていた伯父だ。嫁さんを世話してもらい、それを断ったら「何をぜいたく言ってる。このタクランケ（山形弁でバカタレ）」と叱られたことを懐かしく思い出す。通夜と告別式は帯広で執り行われた。遺影は満開の桜が背景。かすかに笑みを浮かべた顔であった。

通夜の会場で二番目の伯父が私に言った。「則雄、いま一番忙しい時期だな。えらい時に兄貴、逝《い》ったな」。いとこが言った。「お前、よく働くな。この間は堆肥撒布してたな。よくやるよ。だけどあまり無理するな。年なんだから」。そのいとこは仕事の関係で時々、わが家の前の道路を通り、私の仕事ぶりや作物の生育状態を眺めているようだ。

短歌と付き合い始めてから四十数年。この間、農作業との両方を何とかこなしながら走るように生きてきた。今は十一冊目の著書の校正とニンジンを播くための作業に追いまくられている。電話で週間天気予報を聞いたら、明後日から雨の降る日が続くと言う。「仕事がだんだん遅れる」と母に言ったら、「仕方ないだろう」とポツリと言った。その通りである。農作業は天候に大きく左右される。そんなことは十分に知ってはいるが、落ち着かない。「晴耕雨読」という言葉があるが、仕事が遅れているときに雨が降ると、読書どころではない。あきらめが悪いのは、まだまだ修業が足りないと言うべきか。

私の農場でトラクターが唸り始めたのは昭和四十二、四十三年の頃。その頃から離農が急激に進み、私の農場の規模も少しずつ拡大し始めた。農民にとって一番辛い作業は草取りだったが、除草剤の登場により、それは随分軽減された。豆刈りも腰がしびれてとても辛かったが、豆刈り機が登場し、それを完全に無くしてくれた。馬鈴薯や甜菜《てんさい》の収穫機も登場し、それらはどんどん改良され、とても便利になった。小麦の収穫は大型コンバイン。若いオペレーターが操作するのを腕を組んで眺め、コンバインから排出される小麦をトラックで受けて乾燥工場に運ぶだけなのだから、手刈りの頃と比べたら夢のようだ。私の農場では四年前に豆のコンバインを導入した。刈り取り・脱穀を同時にこなしてくれるのだから、これも夢のようだ。

だが、私は子供の頃の馬耕農業の時代をとても懐かしく思い出す。父や母は早朝から畑に出て手作業の仕事に追われていたが、暮らしにはめりはりがあった。保道車（タイヤ式車輪の荷車）に揺られて桜見物に行く余裕もあった。機械化農業になってから、私は桜見物に行ったことがない。これは一体、どういうことなのか。

歌の鬼・野原水嶺

六月十日、十冊目の本『歌の鬼・野原水嶺秀歌鑑賞』を上梓した。これは三月に入ってから二週間ほどかけて書き上げたもので、私にとっては師水嶺に対する恩返しの本でもある。収録歌は百十一首。この数は、どれもが秀歌であるとの思いによるものである。「歌の鬼」と呼ばれた所以《ゆえん》は、幕別村古舞尋常小学校の校長をしていた頃、帯広の歌会に出席するために、十五キロの砂利道を自転車を漕いだという逸話による。当時の自転車の部品はほとんど鉄であったのだから、この距離を往復するのはマラソンに匹敵する。しかも帰りは深夜だ。

歌に対するその根性はまさに「歌の鬼」そのものである。
水嶺は明治三十三（一九〇〇）年岐阜県揖斐《いび》郡小島村にて稲や茶などを栽培する中農の長男として生まれた。母の死の翌春、私塾を卒業し、一家七人、芽室村久山に入植。そこは熊笹の鬱蒼《うっそう》と茂る未開の地であったという。水嶺二十一歳。それは波乱の人生の幕開けでもあった。

こちらからも野火を放てばよろこびて火はわが拓地一帯に燃ゆ

移民地のわかきら巨樹を畏れねば斧に倒し火をはなちては焼く

パイオニア移民のわれは夜より夜へ野火をまもりＳＥＸをわすれむとする

一毛作の秋また凶《まが》し未付与地の盗伐をしては米噌あがなふ

神は不在の北限なればひとの妻をうばひきて移民の村おこしをり

水嶺六十四歳のときに上梓した第二歌集『本籍地』より引いた。どの歌からも十勝開拓期の農民の不退転の精神と、未来に向かって筋骨を駆使する様子が伝わって来る。水嶺が十勝に移住する以前にも十勝には歌を詠む人たちが数多くいたが、それらの詠風は中央歌壇の影響を受けたものがほとんどであった。従って、この酷寒の大地と格闘しながら生きる農民の心を詠ったのは水嶺が最初である。つまり水嶺は十勝の精神文化の祖といっても過言ではあるまい。

しかし、水嶺が実際に開拓や農業に従事したのはわずか二年。つまり引用した歌は回想しながら詠っている。これは長男でありながら生活困窮のためにやむなく農地を弟に譲り、農を離れたことへの悔恨の念によるものと思われる。

グラジオラスの開きかかりし緋の花序がひだり側にあり夜の灯を消す　水嶺

音たかく夜空に花火うち開きわれは隈なく奪はれてゐる　中城ふみ子

克明にをみなひとりの身悶えを見ませと月にカーテン引かず
大塚陽子

水嶺は名伯楽と呼ばれ、多くの新人を発掘、育成した。この三首の大胆・奔放さには共通点がある。

昭和五十八（一九八三）年。水嶺は陽子夫人や多くの弟子に見守られながら八十四年の生涯を閉じた。水嶺が播いた歌の種子は芽を吹き、花を咲かせ続けている。

北方領土考

ソ連解体の少し前、東京の友人が言った。「時田君、北方領土は身近な問題なの」「当然だべさ。北方領土は俺の住む道東にあるんだぜ。地図をよく眺めてみろよ。知床岬と納沙布《のさっぷ》岬の間は根室海峡と言い、国後《くなしり》島の一部はそこに食い込んでいる。領土問題が解決しない限り、俺はのど元に短刀《どす》を突きつけられてるみたいで、嫌な感じだぞ」

かくのごとく北方領土問題を他人事のように思っている人が意外と多いのではなかろうか。北方領土とは言うまでもなく、歯舞《はぼまい》諸島・色丹《しこたん》島・国後島・択捉《えとろふ》島。その総面積は四千九百九十六平方キロで十勝の総面積の半分弱。ちなみに福岡県の総面積は四千九百六十三平方キロ。一九四五年八月の太平洋戦争終了時、四島には一万七千人が暮らしていたという。主な産業は漁業だった。

中野美代子は『北方論—北緯四十度圏の思想』（新時代社・七二年）の中で北方領土について次のように述べている。「自民党は『固有領土いわゆる南千島（歯舞・色丹は本道の一部）』、社会党は『政府はサンフランシスコ条約で〝南北両千島が含まれる〟と正式に言明する重大な過失をおかした』。公明党は『南千島を即時返還』。民社党は『千島列島すべて』。共産党は『まず歯舞・色丹』という。（略）こと領土問題についての対外的発言についてこれほど不統一があるのはいかがであろうか」。また「『北方領土』などという多分に怠け者的発想による言葉はやめて、しかるべき固有名詞を用いるべきである。第一、小笠原諸島や沖縄のことを、われわれは一度でも『南方領土』と呼んだことがあるだろうか。『北方領土』などというあいまいきわまるタームでは、どうして内外の世論を喚起できよう」。さらに「議員一行が『北方領土』視察に根室に来た。そしてすぐ目の前に見える島々をながめて、『こんなにも近いと思わなかった。これならどうしても返してもらわなくては』（略）。『これなら』という論理は、ひっくり返すと『もし遠くにあれば、返還を要求するに足る十分な根拠があっても、放置しておく』という論理を生むだろう」とも述べている。実に明快な論だ。

　昨年、日ロ首脳は久しぶりに領土問題について話し合ったが、結果は何の進展もなかった。腹立たしさを超え、しらけたのは私だけではあるまい。かつて北海タイムス記者として健筆をふるった高橋眞（一九二〇―八四年）は『研究所紀要』第三号（アイヌ問題研究所・釧路・六一年）で「フルシチョフに訴える―千島はアイヌ（日本）のものだ」という論文を発表している。その一部を紹介しよう。「色丹・歯舞などの日本帰属は、ソ連側では『日ソ平和条約のない限り不可能』という態度だが、その条約と言う前に『両島を平和島』とし、日本人（アイヌを含む）が自由往来し、漁業その他産業に従事するのを認めるのを認めること」（、、、は原文のまま）。この論に国後・択捉を加えて考えてみてはいかがだろう。

　二〇〇五年、知床は世界自然遺産に登録されたが、この遺産を守り続けるためには北方四島の住民との連携は不可欠だ。高橋の言う『平和島』を念頭に置き、歯舞・色丹・国後・択捉の四島が一日も早く返還されなければならない。この返還運動は他人事ではないのだ。

ポイ捨てごみ

わが家の庭からごみ焼却用のドラム缶が姿を消したのは、有料ごみと資源ごみとに分別して出す方法がとられるようになってからである。それまではこのドラム缶で後ろめたい思いをしながら燃やせるごみは燃やしていた。

さてごみの分別作業というのは慣れてしまうと意外と簡単である。特に私の場合、片付け癖があるのでこの作業は全く苦にならない。いや、分別を楽しんでいるという面がある。だがしかし、この癖によって家族にときどき叱られることがある。先日も妻に送られてきたつまらない（私にしてみれば）モノを買ってくださいといった類のはがきをごみ扱いにして分別し「わたしに来た案内状なんだから勝手なことはしないでちょうだい」と叱られた。このほかに「辛夷」の会員の歌の原稿や、農協から届いた大切な書類も資源ごみにしてしまったこともある。紙幣も何度かごみにしてしまったことがある。こうなるとこれは単に片付け癖というのではなく、オッチョコチョイである。ヌケサクである。

ところで、今年の春も畑にポイ捨てされたごみ拾いを行った。私はトラクターで畑起こしをしなければならなかったので、この作業は妻と娘が行った。約三時間で拾ったごみの量は肥料の空き袋に十杯くらいあった。もっと時間をかけて丁寧にやれば二十杯くらいはあっただろう。そのごみの分別ももちろん私が行ったが、一番多かったのはコーヒーなどの空き缶だ。次に多かったのはペットボトル。ドリンクなどの空き瓶も結構あった。これらの空き瓶は整地をするときに使うロータリーハローの爪にぶつかると砕けてしまい、土に手を触れて作業をするとけがをすることがある。弁当の容器の入った袋も結構あった。この袋は開いてさらに分別をするわけだが、容器のほかに、箸、空き缶などが入っている。一番不愉快なのは悪臭がひどくて吐き気がすることだ。今年はこれらのほかに下着類の入った袋や、おしめがあった。もちろん超不愉快である。自転車の部品の入った袋や湿ってぶかぶかの週刊誌もあった。資源ごみとして分別した物の入った袋や、有料ごみ袋入りのものもあったが、これをポイ捨てする人の心理がどうしても理解できない。せっかく分別したのだから、ごみの日に定められた場所に持っていけばよいのだから、奇妙な心の持ち主であるとしか言いようがない。

農繁期にポイ捨てされた畑のごみを拾う作業は大変である。実に迷惑である。ところで日本で一年間にポイ捨てされるごみの量はいったいどれくらいあるのであろうか。重さでいえば何百万トンだろうか。このままでは日本列島はごみ列島になってしまうだろう。石油製品の開発は画期的なことであったが、地表と空気を汚染させる原因をつくってしまった。便利のツケと言うべきか。分解して土に還る製品と大気汚染をしない燃料の早期開発こそが、今を生きる私たちの課題ではなかろうか。

混血民族列島

小麦の収穫が無事に終わり、例年のごとく、農協の馬鈴薯貯蔵庫の中で、ジンギスカンを囲みながら打ち上げを行った。その席に私は下駄を履き、アイヌ紋様の入った半纏《はんてん》を着て行った。そのようないでたちの私に高校の後輩のMが言った。

「売買川《うりかり》の売買っていうのはアイヌ語でしょう」

「そうだ。ウレカレとかウリガレップっていうんだ。意味はよ、数ヶ所に捕った魚を集める。

集場ってんだ」

「帯広もそうでしょう」

「そうだ。オペリペリケプで川尻が幾つにも裂けているところってんだ。お前の近くにある帯広川のあたりはよ、ウレガベで平安のところってんだ」

私は十数年前からアイヌの歴史・芸術文化などに関する本を集めている。今年も札幌の古書店から百冊近く買った。買う理由は、北海道に住みながらものを書く者としてアイヌの人たちのことをしっかりと知っている必要があると考えるからである。

ところで地名というのはその土地の姿や形を表現している場合が多い。例えば帯広市内の岩内、これはアイヌ語のイワナイプトゥで箱川。富良野はフラヌで赤い野。赤とは十勝岳が噴出した溶岩であろう。地名のほとんどは漢字で表記されているが、それらは意味不明の場合が多い。しかし、アイヌ語に置きかえてみると意味がわかって来ることが多い。

私の本棚に、『九州旧地名調査と各地方の見聞記』(山本多助・ヤイユーカラ・アイヌ民族学会)、『東北六県アイヌ語地名辞典』(西鶴定嘉・国書刊行会)、『日本アイヌ地名考』(山本直文・私家版)、『東北・アイヌ語地名の研究』(山田秀三・草風館)、『九州の先住民族はアイヌ――新地名学による研究』(根中治・葦書房)など地名に関する本が並んでいる。

ちなみに青森はアウモイで又状の大湾。母の故郷尾花沢はオパナサワで川下の方の沢。妻の故郷千葉はチパで船の多数。東京の地名では、江戸はエトでみそはぎ草の地。世田谷はセタカヤで犬の多いところ。九州・沖縄地方では、大分はオホイトで深い海。種子島はタンネスマで長い島。奄美大島の奄美はアママで食物・穀物。

さて、アイヌ民族はどこから来たのかについての研究は百年以上前から行われており、原日本人であるとの説は間違いない。つまり、アイヌ民族は日本列島全域に居住していたということらしい。それはいま挙げた地名の由来によっても明らかであろう。

今から二千数百年前、朝鮮半島などを通って弥生文化が日本列島に入って来た。以来今日まで、アイヌ民族と渡来人との混血が続いて来た。つまり、日本列島は混血民族列島なのである。私は小麦の打ち上げに集まった仲間の貌《かお》を眺めながらそのことを強く感じた。アイヌ民族に対する差別は今もあると聞くが、しっかりと認識するがよい。差別をするということは自分を見下しているのだということを……。

教育

幼い頃、私は布団のなかで父から毎晩のように物語を聴かされた。その物語は口から出まかせのものであったが、お菓子に譬えるならば真心のこもった母の手作りのようなものであり、幼い私の耳にはいつも新鮮に響いたものである。物語を聴いているときの私の目はキラキラと星のように輝いていたことだろう。

雪を食へばしらゆき姫になるといふわが嘘を聴く耳やはらかし　則雄

この作品は某出版社の中学生用の国語教材（教師用）『よくわかる国語の学習』に掲載されている。歌意は親と子のふれあいの大切さに重点を置いたもので、「嘘」も心をこめて語れば子供の心に夢となってひろがる、ということである。

昨今、家庭教育の必要性が強く叫ばれているが、家庭教育というものは子供が勉強するように仕向けるということも大切ではあるが、それよりも大切なことは、親と子が互いに心を開き、自然体でふれあう時間をつくるということなのではなかろうか。

さて、私が通っていた小学校は自宅のすぐ隣にあった。校長先生は北海道考古学界の第一人者であり、板壁の古い住宅の一室の本棚には分厚い専門書がびっしりと並んでいた。本が大好きだった私は窓の外からそれらの本を眺めながら、自分も大人になったら先生のように本に囲まれた生活をしたいと思ったものである。

また、先生は学校の敷地の一部を耕して自家用野菜を栽培していた。肥桶を担ぎ、ヨッコラヨッコラと畑に通う姿を見ながら私は親しみを強く感じたものである。

中学校の担任の先生はロシアの民話や童話を翻訳し、それを東京の出版社から出していた。私は先生のそのような生き方を見ながら、自分も大人になったら百姓をしながらものを書きたいと思ったものである。

ここで私が言いたいことは、生徒は教師の生き方に学ぶところが大きいということである。つまり、教壇に立って教えるということだけが教育ではないということなのである。

話が前後するが、小学四年のとき、私が書いた小説らしきものがクラスの仲間全員の前で読みあげられたことがあった。遊ぶことだけが得意であった私は恥ずかしくて廊下に逃げたが、心のなかは嬉しさでいっぱいであった。

いつの時代も私のように勉強のできない子供は必ずいるものである。しかし、勉強のできない子供にも必ず得意なものがあるはずである。つまり、先生は生徒一人ひとりをよく見詰め、光るものがあったら引き出して、それを育てるようにすることが大切だということなのである。

百姓になってから四十年、短歌とかかわるようになってから四十数年になる。この間、十数冊の本を出した。いま、家のなかは好きな本であふれている。

疑問である

二十年ほど前のことである。畑作三品（甜菜《てんさい》、小麦、澱粉加工用馬鈴薯）の価格が下がるということで、某テレビ局員が私のところに来た。私は畑のなかに立ち、カメラに向かって言った。
「これは農家だけの問題ではないでしょう。国民みんなの問題なのではないでしょうか」。案の定、その日の夕方のテレビは私の発言を流さなかった。つまり、テレビ局のネライに背いているのでボツになったという訳である。

さて、去る三月四日、日豪ＥＰＡ（経済連携協定）交渉―食料と地域の将来を考える十勝大会（関税撤廃阻止）が音更町の十勝農協連家畜共進会場で開かれ、農業者のひとりとして私も参加した。

会場に向かう貸し切りバスのなかで私は仲間に、「こういう大会には農家だけが参加したってだめだべや」とボソリと言ったが、大会が始まり、「農家だけが」というのは思い込みであると気がついた。会場には農家のほかに農林漁業関係の代表者や市町村首長、議長、帯広商工会議所、十勝管内商工会、生活協同組合、十勝消費者協会、十勝地域協議会などのトップ、さらに諸職種の人を含め三千人以上が参加していたのである。

つまり、全十勝をあげての大会だったのである。私はそうした人たちのなかに交じり、十勝にとって農業がいかに大切であるかをあらためて強く感じたのであった。

このあたり馬の車のみつぎもの御蔵をたてて積ままほしけれ

この歌は北方探検家松浦武四郎が安政五（一八五八）年に十勝川と音更川との合流域に着いたときに詠んだものと言われている。武四郎は約百五十年前にこの十勝が日本有数の畑作酪農地帯になるということを読みとっていたのである。

いま、私の手もとに『二十年後の帯廣―懸賞論文』（帯広商工會刊）という本がある。発行は昭和四（一九二九）年八月十五日。内容は二十年後、すなわち昭和二十四（四九）年の帯広を論じたものである。二等の一（一等なし）に選ばれたのは小樽の服部和夫（明治三十八年＝一九〇五年生まれ）。昭和二十四年は敗戦後だが、その予測は無理として、服部は、帯広は農畜産業が大いに栄え、それに伴って農畜産物加工業も盛んになり、帯広を東北海道の中心的都市と位置づけている。

服部はこの論文の冒頭に西諺《せいげん》、すなわち西洋のことわざを記しているのでここに紹介しよう。

――爾の農村を破壊する時は、雑草は都會にも及ぶべし。されど農村健全なる時は、如何に都會を破壊するとも、恰も魔術によれるが如く復活すべし――。

私はここに服部の鋭い眼識を感じるのである。

今日の日本は工業が盛んであり、農業は衰弱の状態にある。食料自給率は約四十％。これでは一人前の国家とは言えまい。工業製品を買ってくれる国があるからといって、いつまでもウカレてはおれないのではなかろうか。十勝のこのたびのような大会を東京で全国規模で開いたとしたら、日本の経済界のトップの人たちは顔を出すであろうか。疑問である。

特別授業

第五十六回日本青年会議所全国大会が九月に帯広で開催されるという。その大会の記念事業の一環として地元帯広青年会議所（小林誉理事長）が「とかち学生短歌大会」を開催する。先日、私はこの「短歌大会」の選者のひとりとして帯広南町中学校（辻敦郎校長）で特別授業二年生三十八人の先生として教壇に立ち、短歌の実作指導を行った。

教壇に立ち、私はすぐに次のような短歌を黒板に書いた。

ぴろぴ
ろのぴろらのぷら
のぴろぷら
にぴろららぷら
らぷららららぷらら

作者は私である。これは音楽性（響き）を重視して詠んだものであり、私の第三歌集『凍土漂泊』に収められている。ちなみにこの短歌は馬場あき子（現在日本芸術院会員）によって短歌総合誌に紹介されたこともある。

さて、板書が終わった後、この作品を私は二人の生徒に口に出して読んでもらった。一人目の生徒はスラスラと読むことはできなかった。私はあえて読みづらく書いたのだから当然である。二人目の生徒は読む前に、五・七・五・七・七のリズムに乗って読むように指導したので、一人目の生徒よりは少し滑らかに読んでくれた。

この短歌は次のように書くと読みやすいのである。

ぴろぴろの　（五音）
ぴろらのぷらの　（七音）
ぴろぷらに　（五音）
ぴろららぷらら　（七音）
ぷらららぷらら　（七音）

私はこの短歌を心をこめて読みあげた。生徒たちはニコニコしながら、目をクリクリとさせながら聴いてくれた。この後、さらに私の短歌二首と俵万智の短歌四、五首について解説と鑑賞を行い、さらに、短歌を詠むに当たっての基本を話し、実作指導に入った。授業の残り時間は二十分くらいだった。

従ってその時間内に全員が短歌を作ってくれるとは思わなかったが、五、六人の生徒が出来たての作品を私に見せてくれた。どの作品も七五調を踏まえ、柔軟な感性によって詠われていたので、私にとってはとても新鮮であった。

その日から十日近くたつが、私の目には、指を折りながら真っ白い紙に向かっていた生徒一人ひとりの姿が浮かんで来るのである。

ところで、私はこの二十年ほどの間に小・中学校の教壇に随分立たせていただいた。そのたびに生徒と触れ合いながら思った。生徒はさまざまな能力の芽を宿している。つまり、国語は苦手だが算数は得意。人前で話すのは苦手だが文章を書くのが得意、という生徒がいて当然なのである。スポーツだけは、音楽だけは、図工だけは誰にも負けないという生徒がいて当然なのである。

生徒は得意なことは自ら進んで取り組むのである。私は素人だが、生徒一人ひとりの能力を伸ばしてやること、それは教えることよりも大切なことだと思うのである。

市民文藝

「市民文藝」（帯広市図書館刊行）は昭和三十六（一九六一）年十一月に帯広・十勝地方の文芸振興を目的として創刊された。以来、順調に号を重ね、今年十一月には第四十七号を発行するに至った。

この間、「市民文藝」は春山希義さん（文学界新人賞）、中紙輝一さん（日本農民文学賞）、鳥井綾子さん（同）ら多くの作家を中央文壇に送り出している。昨年の第四十六号には士幌の荒井登喜子さんが農業を舞台にした小説「ドラマチック」を発表。同作も後に日本農民文学賞に輝いた。

かつて私もこの「市民文藝」に短歌を投稿し続けたことがある。心をときめかせながら新しいインクのにおいのする誌面に目を通したことを懐かしく思い出す。

第四十七号を読んで特に注目したことは、特集として「ジュニア文芸」の枠を設けていることである。この特集には童話五篇、詩十五篇、俳句二句が掲載されている。それらをじっくりと読んだが、いずれもみずみずしい感性によって紡がれており、さわやかな読後感を抱いた。最優秀に輝いたのは中学生の杉山絢侑子さんの詩「心の宇宙」である。短い詩なので紹介しよう。

手をのばしても届かない／広がり続ける宇宙／手をのばしても触れることのない／流れゆく一筋の光／手をのばしてもそこにない／光かがやく星

今日もまた手をのばす／新しい何かがあるかもしれないから／でも何もつかめなくて／
手の中は空っぽで／それでもまた手をのばす／無限に続く心の宇宙へ

私はいつも／一ミリでも近づきたくて／きっと明日も／手をのばしてしまう／いつか／
いつか何かを／つかむことができるかもしれない／そう思えてしまうから

構成がとてもしっかりとしている。言葉の斡旋《あっせん》が優れている。〈手をのばしてもそこにない〉〈手の中は空っぽで〉〈一ミリでも近づきたくて〉――。これらのフレーズからは青春の真ん中にいる杉山さんの揺れる心の象《かたち》が鮮明に見えてくるのである。右顧左眄《うこさべん》せずに表現したことが読者の心に響く作品となったのである。若い二十一人の今後の活躍がとても楽しみである。

さて、青少年の健全育成の現状を眺めてみた場合、スポーツに力を入れている例が圧倒的に多い。健康な身体を作るということは大切なことであることは言うまでもないことだが、それだけでは不十分だろう。つまり心身ともに育成してはじめて健全育戎ということなのだ。

そうした観点に立つと、「市民文藝」の編集委員が特集「ジュニア文芸」の枠を設けたことの意義はとても大きい。その高い見識に敬意を表するとともに、「市民文藝」がさらに大きく前進してゆくことを心より願うものである。

武四郎からのメッセージ

松浦武四郎（一八一八―一八八年）は、安政五（一八五八）年にアイヌの協力を得て十勝を二回にわたって探査している。一回目は三月で、富良野方面から山を幾つも越えて十勝に入り、十勝川に沿って歩いて下り、十六日に帯広に着き、惣乙名《そうおとな》シラリサ（七十一歳）の出迎えを受けて一泊。翌日は手配してもらった舟で十勝川を下り、十九日には大津に着き、その後は釧路方面に向かっている。

この十勝川上流から河口までの探査内容は『十勝日誌』（一八六〇年）に詳しく記されているが、私がこの中で注目したのは、十六日に帯広川とその流域について記した次の一文である。

「此川は當所第九の支流にして源サツナイなるトッタベツの北の山より來る也。其川筋惣《そうじ》て平地にて地味頗る肥沃也」

私は武四郎が将来この十勝は農業で栄えることを予測していたのではないかと思うのだ。武四郎が二回目の十勝探査を行ったのは同年七月であり、歴舟川河口を出発し、札内川、岩内川、戸蔦別川、美生川を渡り、芽室川を下って十勝川に着き、その後大津に向かっている。この十勝内陸探査についてまとめたものは『東蝦夷日誌』（一八六三―六五年）に収められている。

この日誌の中で私が注目したのは、十五日の音更川と十勝川との合流域に至ったときの記録である。丸山道子の現代語訳があるので、それを引用する。

「将来は、この地方第一の繁栄の地となるだろうと思われるところである。ただ海岸の十勝川河口から、この音更川口まで、十勝川下流を舟で上り下りすることは、さほど困難ではないけれども、これから上《かみ》は川に流木が多く、川幅も水深もありながら、舟を通すことは難かしい。それには余程の手入れが必要であろう。もしいつの日か、この川筋を舟で往来出来るようにするとすれば、むしろ海岸の歴舟川口の方から、札内川上流に出て、この音更川からは西岸の方向にある美生川、戸蔦別川などへ、まず馬の往来出来る道を開いた方が、よい結果を得るであろう。

ただ土地の開拓にはその土地の豊かな産物があるということが第一条件であり、道路だけ作ってそれですむというものではない、などと考えたりしたので、たわむれにこの家の柱に書いておいた」（傍点筆者）。

「この家」というのは武四郎を泊めてくれた音更川口の惣乙名シラリサ家である。「柱に書い」たのは、

このあたり馬の車のみつぎもの御蔵をたてて積ままほしけれ

という歌であり、この歌は音更町鈴蘭公園（通称鈴蘭高台）に帯広町開基二十五年を記念して建立（大正八年六月十三日）された碑にも刻まれている。ちなみに「このあたり」は「此のあたり」。「たてて」は「建てて」。「ほしけれ」は「欲しけれ」である。「立てゝ」と表記している本もある。

それはさておき、今日の十勝は日本有数の畑作酪農地帯であるが、武四郎は百五十年前に今日の十勝を読んでいたことはすごいことである。

昨今、国会では道路が話題になっているが、議員の耳に「道路だけを作ってそれですむというものではない」はどう響くのだろうか。道路も必要だが、その前に地場産業をどのようにして元気づけるかが大切だろう。十勝はこれからも農業を軸に発展し続けなければならない。

十勝にこだわる

二十六年前、第一歌集『北方論』で現代歌人協会賞をいただいた。この賞は新人賞であり、歌壇の芥川賞と呼ばれている。その授賞式の後、知り合ったばかりの東京の若手の歌人が心のこもった祝宴を催してくれた。そのとき私はお礼の言葉の結びで、「これからも十勝の大地から歌を詠い続けてゆきます」と述べた。すると隣にいたX氏が、「時田さん、日本は小さな国ですよ。だから十勝は針の穴よりも小さなところでしょ。なのにどうしてそんなに十勝にこだわるの……。ちょっとこだわりすぎじゃない?」と言った。私は「そりゃ違うべさ」とは思ったが反論はしなかった。歌人として歩みはじめたばかりであり、十勝にこだわる理由を明確に述べる自信もなかったからである。

それから十七年後、私は「巴旦杏《はたんきょう》」二十一首と作歌活動の実績が評価され、短歌研究賞をいただいた。

この賞は十勝にこだわりながら歌を詠い続けて来た私にとってはとてもうれしい賞であった。賞状をいただいた後、私は受賞者の言葉のなかで次のように述べた。

「日本の国土は広くはないけれど、南北の長さは三千キロ。つまり長さにおいては世界のトップクラスにあるわけです。従って地域によって気候風土が大きく異なります。生活文化も違っていて当然でしょう。例えば沖縄地方はどうでしょう。沖縄民謡『安里屋《あさどや》ユンタ』は沖縄の波のささやきのようにリズムがゆったりとしております。きっと沖縄の人たちの生活のリズムはゆったりとしているに違いありません。東京地方では時計がとても忙しく動いているように思われます。生活のリズムが急テンポです。さて、北海道はどうなのか。北海道とは言っても、気候風土はさまざまです。当然、生活文化も異なります。私の住む十勝の面積は岐阜県と同じくらいあります。従って海岸部と内陸部の気候風土は異なっています。住む人の気質も生活のリズムも異なっています。そのようなわけで、私はこれからも十勝の大地から歌を詠い続けてゆきたいと思っています」。

獣医師のおまへと語る北方論樹はいっぽんでなければならぬ

『北方論』

一本の樹を心のなかで育てながら、トラクターを操り、離農の嵐と闘い、十勝の大地を激走してから四十年の歳月が流れる。十勝は私の人生を表現する大舞台なのである。

山林《やま》は男の遊び場

日高山脈の雄峰の一つである十勝幌尻岳（千八百四十六メートル）のふもとの一角に望月山林というのがあった。面積は七十五ヘクタール。三十年前、その山林が売りに出されたので、五、六人の山林《やま》好きが買い取った。私は子供の頃からヤマを所有することが夢だったので、図面もろくに見ず三分の一、つまり二十五ヘクタールを買い取った。

さて、ヤマを買った頃、近くに住む先輩が言った。

「お前、アホじゃないか。林業がパッとしないときによ。そんな大枚はたいてヤマなんか買っちゃって……。宅地でも買ったほうがよっぽどよかったべさ……」

「俺はね。金もうけのために買ったんじゃないよ。樹が好きなんだ。樹を眺めていると心が豊かになってくるんだ」

私のヤマの内訳はカラマツの人工林が十五ヘクタール。天然林は十ヘクタール。買ったときのカラマツの樹齢は十年から十八年だったが、森林組合に頼んで除間伐をやってもらったので、傾いたり曲がったりしているものは一本もない。殺鼠剤《さっそ》も毎年ヘリコプターで撒いてもらっている。枝打ちは二十年ほど前にやっている。十数年前にもやっている。

私の本職は農業だから、やった時期は農作業がすべて終わった後から根雪になるまでの一ヶ月ほどの間であった。曲がった腰を伸ばしながら梢を眺めていた白髪の父の顔が懐かしい。黒い尾っぽを輝かせながら熊笹を潜ったり、作業道を駆けめぐったりしていた愛犬のクロの姿も懐かしい。妻がにぎってくれたオニギリの味も忘れられない。天然林は森林組合が勧めてくれた天然林改良事業でツル切りや除伐などをやってもらっている。

さて、東京から短歌《うた》の仲間がわが家に訪ねて来ると、私は必ずこの自分のヤマへ案内することにしている。すると仲間たちは管理されたヤマを眺めながら、

「広いですね……。このあたり全部トキタさんのヤマなの……。広い！　空気がうまいわ」

と言う。

そこで私は自分の夢を次のように語る。

「農業の第一線を退いたらさ、ここに小さな小屋を建ててさ、そこで本を読んだり、歌を詠ったり、山菜採りをしたりして過ごしたいと思ってんのよ。そうそう、皆さん招いて歌会をやるのもいいねえ」

そのような日が来るのかはいまのところわからないが、想像するだけで浮き浮きする。

雨の音を聞きながら

芽吹きはじめた庭の木々を濡らす雨の音を聞いていると心が澄んでくる。CDプレーヤーから流れる安東ウメ子さんの「イフンケ」（子守唄）がさらにやさしく響く。

さて、昨年の六月六日、国会は「アイヌ民族を先住民族とすることを求める決議」を全会一致で採択した。この結果に対して帯広カムイトウウポポ保存会会長の酒井奈々子氏は、「一九五〇年代に先人が『十勝アイヌウポポ愛好会』を立ち上げたころは、和人からの差別だけでなく、同胞からも『今さら何を』と反対が強かった。私自身も子供のころ、踊っていて同胞から石を投げられた覚えがあります。こうした差別感情は、明治から続いた同化政策の影響が大きかったのでしょう。国がアイヌ民族を先住民族と認めるということはとても大きな一歩」と述べている。

さらに、「孫が通う小学校の副読本に保存会のことが載っています。孫はそれを見て『私のばあちゃんが会長なんだ。私も踊ってるし、ムックリ（口琴）も持っている』とクラスの中で話したそうです。このことを聞いた時は涙が出るほどうれしかった」(「十勝毎日新聞」二〇〇八年六月十五日)とも述べている。

長い引用になったが、ここには「先住民族」として認定されたことに対する喜びの大きさ、深さが滲んでいる。

ところで昨年の夏、九州の友人と帯広で会う機会があった。そのとき、話題がアイヌ語地名に及び、私が『岡山県アイヌ語地名解』(井上文夫著　私家版)とか『九州旧地名調査と各地方の見聞記』(山本多助著　ヤイユーカラ・アイヌ民族学会刊)といった本もあるんですよ」と言うと、氏は目をパチクリさせながら、「ホオ!」と驚いた。

アイヌ語地名についてこれ以上書くと、「お前、まだそんなことを……」と思う人もいるだろう。それを承知で書くならば、東京の旧地名「江戸」は「古今要覧稿『江所』(江に臨む所)の意とし、アイヌ語源説では宇土・烏頭と同じく出張ったところの意とする」(「広辞苑」)。富士山の「富士」は「フンチ、フンチヌプリは火山又は火の女神たる山」(『アイヌよもやまばなし』吉田巌著・小林正雄編註　帯広市教育委員会刊)だという。かくのごとくアイヌ語地名は全国各地にあるということを知っていただきたいのである。

私はアイヌが「先住民族」と認定されたのを機に、十勝に生きるもの書きの端くれとして、アイヌの歴史、文化をさらに学んで行きたいと思っている。

なお、このたび帯広カムイトウウポポ保存会は十勝文化賞を受けることになった。授賞式は今月の二十日、北海道ホテルで行われる。私はその日を楽しみにしている。

祖父と父とふたりの恩師

就農してから四十二年、短歌と付き合うようになってから四十六年の歳月が流れる。この間、経営総面積は六十六ヘクタール（約三倍）にした。本は十四冊出した。私のモットーは〈文武両道〉。辛いこともたくさんあるが、私はいまの生き方にほぼ満足している。

さて、人生は出会いである。私の祖父は明治二十（一八八七）年頃に身ひとつで渡道し、幾つかの経緯を経て八十数ヘクタールの百姓になり、私が生まれる前の昭和十四（一九三九）年に亡くなっている。つまり私は祖父には会ったことはないのだが、そのロマンに満ちた人生に大いに魅かれる。いままでの私の人生は、祖父に対する挑戦の連続であったようにも思う。

父は口べたであったが、私を毎晩抱いて寝、口から出まかせの物語を聞かせてくれた。内容は毎晩同じようではあったが、私は目をパチクリとさせながら、「うん、それで……どうなったの……」と何度も質問したのを覚えている。

小学四年生のときに小説らしきものを書き、担任の先生が大感心し、それをみんなの前で読んだことがあった。私は恥ずかしくて廊下に逃げ出したが、私に小説らしきものを書く気にさせたのは父との交流によるものだと思っている。

私のつまらない作品を褒めてくれた先生には今でも感謝している。あのとき先生が褒めてくれなかったら、私は文学の道を歩んでいなかったかもしれないからだ。どんな生徒でも必ず光るものを持っている。先生はそれを見つけて伸ばしてあげることが大切なのだと、私は私の体験から強く思う。

その小学校の校長先生は北海道考古学のパイオニア的存在であった。板壁の住宅の一室の本棚には分厚い専門書がびっしりと並んでいた。それを見ながら、私は大人になったら父の跡を継いで百姓をしながら、先生のように本に囲まれ、ものを書きたいと本気で思ったものである。先生は生徒にどう教えるかも大切だが、こう生きているというその姿を見せることも大切だと最近強く思う。

校長先生は放課後に紙芝居も見せてくれた。宇野浩二の『蕗の下の神様』やヴィクトル・ユーゴーの『レ・ミゼラブル』などはいまでも鮮明に覚えている。紙芝居を見ているときの私の心は膨らみ、目はキラキラと輝いていたことだろう。

また校長先生は青年団教育にも力を注いでいた。運動会の入場行進のとき、楽譜もろくに読めない農村青年たちがトランペットやトロンボーンやクラリネットを吹いたのだからすごい。校長先生はいまでいう生涯教育にもかかわっていたのだ。

歌の鬼野原水嶺と二人の弟子

神は不在の北限なればひとの妻をうばひきて移民の村おこしをり
氷裂を湖にはしらすことすでにほしいままなり春のかたちは

ブラキストン線以北は農政以前にて移民をはこびきては捨てゆく

赤楡の一樹が風に散らす種子数十万吹雪となりてはなやぐ

十勝歌壇の開拓者のひとりである野原水嶺（一九〇〇―八三年）の歌である。第一首は北海道の開拓者たちの強靭な精神を詠った壮大な叙事詩。「ひとの妻をうばひきて」という発想が強烈である。第二首は単に十勝のダイナミックな春の景情を詠っているだけではなく、北緯四十度圏に生きる水嶺の心の「かたち」も詠い込まれている。

第三首、津軽海峡は日本の動物分布上における境界であり、そこは「ブラキストン線」と呼ばれている。「移民をはこびきては捨てゆく」に開拓期における「農政」に対する怒りがあふれている。ちなみに野原家は大正時代に熊笹の繁茂する芽室村久山に入植し開拓の鍬を振った。第四首、「赤楡」とは「ハルニレ」のことである。「数十万吹雪となりてはなやぐ」からは脈々と続く命のドラマが伝わって来る。

さて、水嶺は歌の鬼と呼ばれていた。歌に寄せる一途な思いは終生変わらなかった。帯広の「辛夷」の月例歌会に出席するために、隣町から十五キロの砂利道を自転車を漕いで通い続けたという逸話もある。まさに歌の鬼そのものである。

また、名伯楽とも呼ばれ、多くの新人を発掘育成した。なかでも中城ふみ子と大塚陽子は水嶺の短歌真髄を吸収し全国にその名を轟かせた。


音たかく夜空に花火うち開きわれは隈なく奪はれてゐる　ふみ子

七月生れわれはひまはり陽を追ひて陽に向きて七月のわれはひまはり　陽子

大胆さ自在さは水嶺の詠風と共通している。前衛短歌の第一人者故塚本邦雄は角川の「短歌」（八四年十月号）で次のように記している。

「卑近な範としては彼女が二十三年から入社した『辛夷』に求め得る（略）この修辞癖や美意識は、ひとり水嶺のみからの相伝とは言へぬまでも、水嶺的潮音手法が、後の中城ふみ子に与へたものの少からぬ証左にはなり得よう」

十月二十一日は水嶺先生の命日であった。在りし日の水嶺の風貌や言を思い出している昨今である。

森林都市オペリペリケプへ

東京へ行って来た。宿泊先は渋谷駅のすぐ近くのホテルだ。朝食は同ホテルの二十五階のレストラン。窓からは代々木公園や明治神宮の森を眺望することができた。二つの森の面積は二十ヘクタール（六万坪）以上はあるだろうと思った。ほかの風景を眺めたら小さな森や林が点在していることがわかった。羽田へ向かう電車やモノレールの窓から見える風景の中にも木が目立った。東京はコンクリートジャングルだと思い込んでいたが、結構木が生えていることを強く感じた。

さて、上京する二日前、東京在住のある雑誌の元編集長O氏と、帯広駅の近くの居酒屋で文学や文化の話に花を咲かせた。O氏いわく。「帯広に来るたびに思うんですよ。街は箱が並んでいるって感じだね。緑が少ないね。西部劇に出てくる街みたいですよ。……冷え冷えしてますね……」

「そうですね……。私は三十年くらい前に帯広のまちづくりに関する審議会の委員を仰せつかったことがあるんですが、そのとき私は次のような提言をしたんですよ。……街のあちこちに森を作ったらいい。その街の中には川のような溝を巡らせて、帯広川や売買川の水を流したらいい。そうしたら森にはトンボやセミなど、さまざまな昆虫や小動物がすむようになる。川にはウグイやカジカやドジョウなどがすむようになる。森の中には散策路を作ったらいい。周辺には駐車場を作ったらいい。そのようになったら多くの人たちが街なかにやって来る。当然、商店街はにぎわう。子供たちも自然と接する機会が多くなるので、情操が豊かになる」

さて、私の屋敷の面積は一ヘクタール（三千坪）以上ある。そのうちの四分の一には木が生えている。どれも私が植えたものである。庭は天然林みたいになっている。樹種は数十種。草はほとんど取ったことがない。小鳥がよく来る。エゾリスも六匹か七匹すんでいる。小鳥の声を聞いたり、リスが枝をすべるように伝う様子を眺めていると心が安らぐ。

かつて十勝農業学校（現帯広農業高校）出身の作家吉田十四雄は、ある雑誌に次のようなことを記している。

開拓期の人々は「木を見れば伐《き》ってしまう。伐ることで何か自分たちの新生面が開かれるように思った。（中略）しかしやがて自分の土地に木々を植えずにはいられないようになってきてはじめて、北海道の農村も一人前になれる」。

晩成社移民団がオペリペリケプ（帯広）に移住したのは明治十六（一八八三）年。彼らの最初の仕事は木を伐ることだった。吉田の言を借りて言うならば、木を植えずにはいられないようになって、帯広の街も一人前になれるということだろう。

農業基本法とは何であったのか

離農せしおまへの家をくべながら冬越す窓に花咲かせをり

私の第一歌集『北方論』（一九八一年）より引いた。この歌はある高等学校用国語教科書『探求　現代文』に掲載されている。先生は生徒にどのような解説をするのだろうか。生徒はどのような感想を抱くのであろうか。作者としてはとても興味がある。

「農業構造の改善、すなわち規模の拡大と近代化、米麦より畜産・果樹などへの選択的拡大による農業と他産業との経済的社会的地位の均衡」などをうたった、いわゆる農業基本法が施行されたのは六一年のことであった。

その六年後に私は就農した。当時は農業基本法の「規模の拡大」、つまり、離農の促進が著しく、特に十勝平野は日本で最も激しい離農の嵐にさらされていた。

ちなみに天間征編著の『離農』（八〇年）には、十勝の農家戸数は六〇年には二万三千五十六であったのが、十九年後の七九年には一万一千九百二十三に激減したと記されている。

こうしたことと並行するように日本の経済は高度成長に向かって動き始めている。つまり、村を離れた人たちの大方は都市に流れて行き、低賃金労働者として工業製品を造ったり、高速道路や高層ビルの工事に携わったのである。東京オリンピックのスタジアムを造ったのも彼らである。もちろん、出稼ぎ農家や農家の次男、三男もかかわっている。

七四年、福島の農家草野比佐男は詩集『村の女は眠れない』を出版。その中で草野は出稼ぎをしている農家の仲間に向かって、「女の夫たちよ／帰ってこい／一人のこらず帰ってこい／女が眠れない理由のみなもとを考えるために帰ってこい／女が眠れない高度経済の構造を知るために帰ってこい」と強く呼びかけている。

私は就農してから四十二年の歳月が流れる。この間、離農跡地を買い求めながら激走して来たが、いったい何をつかんだのであろうか。畑・大型トラクター・コンバイン……。虚しさを感じるのは私だけだろうか。離農はいまも進んでいる。二〇〇五年の農業センサスによれば、十勝の農家戸数は六千七百四十。恐ろしい数字である。

農業基本法とは何であったのか。日本の食料自給率は三十九％。先進国の中では最下位だ。

農業基本法は兼業農家を増やした。村の独自の機能を崩壊させた。都市難民を生んだ。

十勝が生活の場から、単に農畜産物の生産の場に変貌してゆくのは危険である。

十勝文化の開拓

十勝は短詩形文学の盛んなところである。その証左として野原水嶺、中城ふみ子、大塚陽子ら多くの歌人を輩出している。詩や短歌、俳句の同人誌や結社誌の発行も盛んである。短歌や俳句のサークル活動も盛んである。毎年、ＮＰＯ十勝文化会議と十勝毎日新聞社の主催により、春には全十勝短歌大会、秋には大とかち俳句賞全国俳句大会が結社の枠を超えて盛大に行われている。

これらの活動の源を探ると、おのずと「晩成社詩会」と「晩成社句会」にたどり着く。晩成社の人々は苛烈な開墾生活の中で詩や句に心の充足を求めていたのだ。その頃詠まれた句に、

開墾の始は豚と一つ鍋

がある。『帯広市史』（一九八四年）によれば、この句は「渡辺勝と依田勉三の合作とされている」とあるが、これには極めて興味深いエピソードがある。萩原實編の『北海道晩成社十勝開発史』（三七年）には、勉三翁夫人りく刀自（七十三歳）の話が次のように記されている。

晩成社の人々は「全く豚と同様の食物を摂つてゐたもので、まあ共食ひの形でした。或時幹事の渡辺さんが、この有様を見て、

おちぶれた極度か豚と一つ鍋

といふ一句をひねつて其みじめな零落の生活を嘆かれた処、主人はそんな精神ではいけないと言つて、早速

開墾の始は豚と一つ鍋

と詠んで訂正し、開拓に当つての覚悟を説いた事がありました」。

それから百二十年以上の歳月を経た今日、十勝は日本を代表する畑作酪農地帯となったわけだが、私は思うのだ。この十勝平野には晩成社の人々をはじめとする多くの先人の血と汗の苦労が染み込んでいるのだと……。その苦労を決して忘れてはならないのだと……。

さて、私は十勝の農地の開拓はほぼ終了していると考える。これから必要なことは明渠や暗渠など、土地改良事業の継続と、新規作物の開発と販売経路の確立だろう。それと同時に必要なことは、沖縄には沖縄独自の風土に根差した文化があるように、十勝には十勝の風土に根差した文化があるのだということを自覚し、十勝にとことん根を下ろした文化の開拓を進めることだ。本州をまねた祭りの形はどうなのだろうか。民謡はどうなのだろうか。日本庭園は似合うのだろうか。新しいスタートラインに立って考えてみることが大切であると強く思うのだ。

TPPのことなど

私には農村や農業について考えるとき、欠くことのできない本がある。元帯広畜産大学教授天間征編著の『離農』（日本放送出版協会）である。これは農業基本法が施行（一九六一年）されてから十九年後（八〇年）に刊行されている。農業基本法には経営の「規模の拡大た。

と近代化」「農業と他産業との経済的社会的地位の均衡」などが盛り込まれている。

『離農』が刊行された頃は、この基本法の狙い通りに進行し、日本の農村は離農の嵐にさらされていた。

私が就農したのは六七年。その頃の十勝平野は日本一強烈な「離農」の嵐にさらされていた。と同時に「ゴールなき規模拡大」（『離農』）が進行中であった。六〇年から七九年の間に十勝の農家戸数は二万三千五十六戸から一万一千九百二十三戸に激減している（同）。これは驚くべきことである。村を去った仲間たちは都会に吸収され、高度経済成長策の下で汗を流して働いた。

私はどうであったか。

離農せしおまへの家をくべながら冬越す窓に花咲かせをり

借金を抱えながら「脱落農家の墓標の上での激しい農業規模拡大レース」（同）をしていた。……いや、今もそうである。

農業基本法が施行されてから五十年の歳月が流れようとしている。十勝の農業はどうなっているのか。離農は絶え間なく続き、一戸当たりの平均耕作面積は四十ヘクタールと聞く。この規模の拡大はどのような結果をもたらしたのであろうか。農作業の機械化は飛躍的に進歩し、格納庫の中で大小の機械がひしめき合っている。アメリカやオーストラリアをはじめとする食料輸出大国とまともに太刀打ちできるようになったのであろうか。フトコロ具合はよくなったのであろうか。いずれもＮＯである。あちらの超大規模農家と勝負したって勝てるはずがない。

昨今、頻繁に目にする記事は環太平洋経済連携協定（ＴＰＰ）。口の端に上るのもＴＰＰ。菅首相（当時）は貿易の自由化を推し進めることを「平成の開国」と、まるで明治維新の志士のようなことを言っている。具体的な農業政策も示さないで本気でそう思っているのだとしたら、まさに狂気の沙汰。

私は心底思う。これ以上離農を促進してはならないと。今、日本の村は瀕死の状態にある。今必要なことはいかなる状況になろうとも、間違いなく胃袋が満たされる社会をつくることだ。食料を他国に依存する国は一人前の国とは言えない。

草平の心のかたち

ニンジンの播種《はしゅ》が終わった後、休む間もなく長芋の播種作業を始めた。播種方法は自走式の長芋播き専用機に座り、一個一個芽が欠けないように、それはまるで赤子を扱うようにそおっと溝に置くのである。朝から晩まで座り続けるので膝が痛くなる。足がしびれて立ち上がれなくなることもある。まるで拷問にかけられているようだ。そばではエンジンが激しい音を立てているので頭もしびれる。この作業を遠くから眺める人にはのどかな田園風景の一つとして見えることだろうが、現実は甘くない。

この作業は一週間ほど続いた。その間に庭の表情もずいぶん変わった。エゾヤマザクラとコブシの花が散り、スモモとエゾノウワミズザクラの花が満開である。井戸の近くのオオバナノエンレイソウも純白の花をまぶしく咲かせている。

さて、百姓になってから四十五年の歳月が流れた。この間に馬耕農業から機械化農業へと変わった。私の農場に初めて導入されたトラクターは四十五馬力であったが、経営規模の拡大とともに馬力も大幅にアップして最近は百馬力を超すトラクターを使う農場も増えてきた。私の農場も同様である。トラクターに装着する作業機も大型化されている。これらの維持費たるやはんぱではない。馬の餌代とは比べものにならない。

私が農業を始めた頃も今も、政府は経営規模の拡大と機械化により、足腰の強い農業を、外国の農業に対抗できる農業を旗印に農家を捲《まく》し立てているが、それで済むのだったら、とうの昔にそのような農家が育成されていたはずである。

小規模経営の日本農業が、オーストラリアやアメリカやカナダなどの大農場と勝負なんかできっこないことは、子供だってわかるというものだ。日本には日本の地形に合った農業形態があるのだ。この形態を維持することで、おいしくかつ安全な食料を消費者のもとへ届けることができるのだ。自然の破壊をも食い止めているのだ。

さざら波の、凍結の段階に入ろうとするその境目の、液体でもない固体でもない、なんともちぐはぐな、難燃焼の光の屑のよう……。

中紙輝一の小説、日本農民文学賞受賞作品「北海道牛飼い抄」（一九七二年）より引いた。離農の嵐に吹きさらされる主人公草平の心のかたちを表現している。昨今、ＴＰＰ問題が浮上し、農業者は翻弄されているが、誰の心にも草平の心のかたちが渦巻いているに違いない。

北方論

獣医師のおまへと語る北方論樹はいつぽんでなければならぬ

四十年ちかく前に詠んだ歌である。この「樹」は柏だ。いまも畑のど真ん中に立っている。樹齢は三百年以上だろう。大型機械を使う今日の農業にとって、作業をするときには厄介者だが、たぶん「樹」の所有者の初代が開拓の苦労の思い出として残したのであろう。「樹」は真冬も厳しい寒さにもめげず、大地にがっちりと根を張り、ゴツイ枝を空にひろげ、一歩たりとも動かぬ姿勢をくずさない。とくに地吹雪を真っ二つに裂いて立つその構えをながめていると、十勝の大地に生きてゆくための心構えはどうあるべきか、と考えさせられる。

妻の実家は千葉市にある。結婚した翌年の三月、妻と二人で外房をドライブしたことがあるが、そのときに強く感じたことは、人と自然とのかかわりが、北海道に住む人とは大きく違うだろうな、ということだった。ここに暮らす人たちは優しい自然に抱かれて過ごしているように思える。それに対して北海道の自然は厳しい。決して人を優しく抱いてはくれない。ときには人を近寄せない。従って人はまさに「いっぽんの樹」のような精神をもたなければならないのだ。

「北方論」とは北海道で暮らす者の「生活論」「文化論」「精神論」である。論じ合うのは「獣医師」がふさわしい。土と牛乳と医薬品の匂いを漂わせながら大地を駆けめぐる「おまへ」がふさわしいのだ。

北海道と一口に言っても地域地域によって気候風土が違う。当然精神の「かたち」「かまえ」も違うだろう。

十勝に開拓の鍬がはじめて下ろされたのは明治十六（一八八三）年のことだ。それから百三十年ちかい歳月が流れた。この間に農地の開拓はほとんど終了し、日本有数の畑作酪農地帯となった。従ってこれから必要なのは十勝独自の精神文化の開拓である。

祭りのかたちはこれでよいのか。民謡は十勝ならではのものなのだろうか。十勝の風景に日本庭園は溶けこむことができるのか。

十勝の精神文化の開拓をするのはこれからの若者だ。北緯四十二度九分から四十三度三十八分、東経百四十二度四十分から百四十四度二分の範囲内にある十勝の気候風土に心を据え、アイヌ民族の文化などもとり入れながら「北方論」を大いに戦わしてもらいたいものである。

ある講義

某大学で講義をした。テーマは「農村文化論」。受講生は二十人ほどで、その大方は卒業後は親の跡を継いで就農するのだという。担当教官が出欠をとる間、私は学生一人ひとりの顔を眺めながら、これからの農業を背負って立つのは、この生き生きとした若者たちなのだ、との思いを深くした。

さて講義の方法は、私の短歌を解説しながら普段私が思っている農村農業のあれこれを語るというものである。限られた時間の中で学生たちに伝えたことは次の三つだ。以下要約してここに再現する。

第一。親の経営内容を今からしっかりと把握することが大切なんです。そこがぼやけていると、車の運転に譬えるならば目隠しをしてハンドル操作をするのと同じで極めて危険です。

次はオヤジをトラクターから引きずり降ろして、一日も早く作業を体で覚えること。初めは誰だって失敗の連続。失敗に失敗を重ねて一人前になるのです。経営する上で最も大切なことは、足し算と引き算をしっかりとするということです。つまり、どれだけ収入があって、どれだけ支出があったかをしっかりと知ることです。この当り前のことをおろそかにすると分不相応のトラクターを買ったり家を建てたりして借金地獄に堕ちることになるのです。そうなった場合、悪いのは農協でも国でもないことは言うまでもありません。

第二。嫁さんは自分で見つけるということ。人生の同行者を他人に任せっ放しはだめなのです。じゃあどうするか……。農村には嫁さんになってくれる人は皆無に近い。従って都会の青年と交流を深め、そこで相手を見つけることです。今日、どこの農家も嫁さんはほとんど都会出身じゃないですか。ついでに言うならば、女性にとって魅力のある男性とは、耕地面積が広いとか、牛の頭数が多いといったことではないでしょう。チッソ・リンサン・カリなど農業以外の幅広い教養知識も身に付けていることが大切です。「この人とだったら楽しく生きてゆけそう」と思われる男性になってもらいたいものです。

第三。北海道の精神文化はまだ未開拓で、大方は本州や四国、九州から持ってきたものであり、北海道の風土にはなじんでおりません。民謡しかり、踊りしかり、庭園しかり、祭りしかり……です。農村は単なる生産の場であってはならない。この北海道の風土の中から生まれた文化と農業とがないあわさってはじめて豊かな農村になるのです。新しい農村文化を開拓するのは、あなたたちなのです。

あとがき

子供のころ、私は雨の降る日が待ち遠しかった。雨の日は父も母も農作業ができないので、朝から家の中にいたからだ。家族全員が居間に集まり、ジャガイモの塩茹でやカボチャ団子などを食べながら、おしゃべりをして過ごしたことがとても懐かしい。

私が就農したのは昭和四十二年。当時の農業は昭和三十六年に施行された農業基本法の、自立農民育成のための離農促進と規模拡大策により、特に私の住む十勝は離農が続出し、多くの仲間が大地から剝《へ》がされるように村を去っていった。私はいわゆる猫の目農政に翻弄されながらも規模拡大をし、今日まで営農を続けることができたが、去っていった仲間のことを思うと胸中は複雑である。

いま、日本の農業はまた大きな壁に直面している。政府は農家の九十パーセントが不安を抱いているのにもかかわらず、ＴＰＰ（環太平洋経済連携協定）の発効に向かって突き進まんとしている。十勝の農家の経営規模は国内にあっては大きいが、アメリカやカナダ、オーストラリアと比べると小さく、競ったところで太刀打ちできない。仮にＴＰＰが発効したとしたならば、農山漁村は崩壊の途をたどり、日本という国の形は大きく変わるだろう。

短歌を始めたのは帯広農業高校に入学してからだ。きっかけは図書室で石川啄木の歌集と出合ったことによる。啄木の歌には日常語が多く、かつ簡明であったので石頭にもよく響いたのである。昭和五十五年、私は「一片の雲」（五十首）で角川短歌賞を受賞して歌壇にデビューした。以来、今日まで雑誌や新聞に短歌やエッセイなどを発表させていただいている。私が小学校のときの校長先生は考古学者でもあり、書斎の本棚にはぶ厚い専門書がびっしりと並んでいた。私はそれらを眺め、大人になったら、農業をしながら、文学にかかわる生活ができたらと思った。神様は少年のそんな思いを叶えてくれた。これからも私は農文一体の人生を送りたいと思っている。なお、本集に収めた私の短歌は若干ではあるが改作したものもある。

出版に際して馬場あき子先生には身に余る推薦のことばをいただいた。角川文化振興財団『短歌』の石川一郎編集長と打田翼氏には多くの助言をいただいた。心より感謝を申し上げる次第である。

平成二十八年四月十七日

ポロシリ庵にてアイヌの子守唄「イフンケ」を聴きながら…。

時田則雄

時田則雄（ときた・のりお）

1946年北海道生まれ。農業。歌人。

帯広畜産大学別科（草地畜産専修）修了。

表現者集団「劇場」代表。NPO十勝文化会議理事。

北海道新聞日曜文芸・農業誌「家の光」読者文芸各短歌選者。

十勝毎日新聞「編集余録」執筆メンバー。

1980年角川短歌賞受賞、1982年『北方論』で現代歌人協会賞受賞、1987年『凍土漂泊』で北海道新聞短歌賞受賞、1999年「巴旦杏」で短歌研究賞受賞、2009年歌集『ポロシリ』で読売文学賞および芸術選奨文部科学大臣賞受賞、2012年北海道文化賞受賞、2014年地域文化功労者表彰など著作、受賞歴多数。

陽《ひ》を翔《かけ》るトラクター　農文一体《のうぶんいったい》

2016年5月25日　初版発行

著者／時田則雄《ときたのりお》

発行者／宍戸健司

発行／一般財団法人 角川文化振興財団
東京都千代田区富士見 1-12-15　〒102-0071
電話 03-5215-7821
http://www.kadokawa-zaidan.or.jp/

発売／株式会社 KADOKAWA
東京都千代田区富士見 2-13-3　〒102-8177
電話 0570-002-301（カスタマーサポート・ナビダイヤル）
受付時間 9：00 ～ 17：00（土日 祝日 年末年始を除く）
http://www.kadokawa.co.jp/

印刷所／中央精版印刷株式会社

製本所／中央精版印刷株式会社

ISBN 978-4-04-876361-5　C0095